AF821471

'वारिस तथा अन्य कहानियाँ' रामचन्द्र भावे की मूल कन्नड़ कहानियाँ हैं। इसका अनुवाद डी.एन.श्रीनाथ ने किया है। रामचन्द्र भावे ने इन कहानियों को कई आयाम दिए हैं। उनकी कुछ कहानियाँ मनोवैज्ञानिक एवं सामाजिक हैं तो कई रिश्तों पर आधारित है। सभी कहानियों का मूल आधार परिवार है। उसकी गरिमा एवं मजबूती के लिए उन्होंने कहानियों में कई मोड़ दिए हैं। वारिस कहानी में एक मंदिर के पुजारी की हत्या कर पिता द्वारा पश्चाताप के आंसू नहीं निकल पाते लेकिन पछतावा सदैव रहा इस कारण अपने पुत्र को उस धन का वारिस नहीं बनाना उसकी नियति है। पिता की मौत के बाद पुजारी की हत्या का रहस्य उजागर होता है। उनकी सभी कहानियां अंत में सोचने पर विवश करती है। यही कहानियों की विशेषता भी है। इस पुस्तक में संकलित सभी कहानियाँ मध्यवर्गीय समाज की देन हैं। इस संकलन में कुल पंद्रह कहानियाँ हैं।

वारिस तथा अन्य कहानियाँ

(कन्नड़ कहानियाँ)

रामचंद्र भावे

अनुवाद

डी. एन. श्रीनाथ

डायमंड बुक्स

ISBN : 81-288-1496-6

प्रकाशक : डायमंड पॉकेट बुक्स प्रा. लि.
X-30, ओखला इंडस्ट्रियल एरिया, फेज-2.
नई दिल्ली-110020
फोन : 011-41611861
फैक्स : 011-41611866
E-mail : sales@diamondpublication.com
Website : www.dbp.in

वर्ष : 2007

टाइप सैटिंग : आर. एस. प्रिंट्स, नई दिल्ली-49

मुद्रक : आदर्श प्रिंटर्स, शाहदरा, दिल्ली-32

अनुक्रमणिका

छिपकली आदमी

तुंगक्का को सही लगा कि दुर्वासा ऋषि जैसा पति और नन्हें बच्चे जैसे बेटे के बीच फंस कर वह बैंगन की पकौड़ी हो जाएगी। वह डर गई। उधर पति और इधर बेटा। दोनों में से उसे कौन नहीं चाहिए? किसका हाथ पकड़ूं और किसका हाथ छोड़ूं? उसे लगा कि दोनो मे से कोई सुधरने के लिए तैयार नहीं है।

अपना पति ज़रा चिड़चिड़े स्वभाव का है, यह बात जब तुंगक्का की समझ में आई तब-तक उसकी शादी के दस साल बीत चुके थे। कभी-कभी पति के कारण हिचकिचाहट, उदासीनता, दुख सब कुछ होता था, मगर वह मगर वह खुद को ही सांत्वना दे लेती थी कि पति बहुत पढ़ा-लिखा आदमी है, बड़ा पंडित है और लोग उनका आदर करते हैं। कई सालों तक बच्चा भी नहीं हुआ, ये भी दुख था।

उसके बाद तीर्थ यात्रा की, भजन-पूजन किया, तो भगवान की कृपा से दो बेटियां पैदा हुईं। तीसरा बच्चा उनकी इच्छा के अनुसार बेटा ही हुआ। मगर तुंगक्का को उस बच्चे के जन्म लेने पर संतोष नहीं हुआ, क्योंकि वह पति के वंश को बढ़ाने योग्य था।

वासू बड़ा सिर लेकर पैदा हुआ था। सिर पर छोटे-छोटे बाल थे, मुंह में एक दांत भी था। बच्चे को देखने जो लोग आए थे, उनमे से एक ने उसे देखकर घृणा व्यक्त की और अपना मुंह टेढ़ा करके कहा था, यह तो राक्षस निकला। यह बात पति के कान में पड़ी तो उनके मस्तिष्क में बैठ गई। उस दिन से बेटे के बारे में उनका स्नेह उतना न रहा जितना रहना चाहिए था। उस दिन के बाद से उन्होंने अपने इकलौते बेटे को गोद मे उठाकर प्यार नहीं किया। उसकी तरफ आंख उठाकर नहीं देखा। बेटे के बारे में गर्व का अनुभव करना तो दूर की बात रहा, बेटे की छाया देखने से भी उनकी सहन की सीमा टूट जाती थी।

वासू को भी शीघ्र बातचीत सीखने में और चलने में दिक्कत हुई। जब

वह पढ़ने लगा तो किसी ने भी यह नहीं कहा कि लड़का तेज है, बेटे की दीन हालत देखकर बेचारी तुंगक्का को अतीव दुख हुआ।

ऐसा बेटा मेरे जैसा पंडित और विद्वान बने, यह बात पति सोचे भी तो कैसे? तुंगक्का को यही डर था। पढ़ने-लिखने में वासु की रुचि नहीं थी। ठीक है, मगर उसके शौक कुछ विलक्षण थे। वह कोडबले (चावल के आटे से बनाई गई एक नमकीन चीज़ जो खाने में स्वादिष्ट होती है), से कीड़े और मेढक पकड़कर जेब में डाल लेता था। गिरगिट को रस्सी से बांधकर खिलाता था। कुत्ते के पिल्ले को सर्कस सिखाता था।

जब वह पन्द्रह साल का हुआ तो इतना 'पक' गया कि घर में यह कह कर जाता था कि रात में दोस्त के घर पढ़ने जाऊंगा, पर लोग कहते थे कि आधी रात को घंटो तक वह श्मशान में भटकता है। वहां से आने से पहले एक-दो खोपड़ियां भी लाता है और उन्हें किसी न किसी के दरवाज़े के पास रख देता। सवेरा होने पर उनकी हालत देखकर खिल्ली उड़ाता। इस बात में कितना झूठ है, कितना सच मालूम नहीं, मगर तुंगक्का को इस बात में विश्वास नहीं होता था।

पंडित जी को लगता था कि ऐसा 'बड़ा आदमी' मेरे घर में पैदा हुआ है, यह पूर्व जन्म के पापों का ही फल है।

कभी-कभी बाजार या मंदिर में स्कूल के मास्टर से भेंट हो जाती थी तो वह कह उठते थे, 'वासू कुछ भी पढ़ता नही' स्कूल में भी ठीक से नहीं आता। इस शिकायत से पंडित जी को लगता था कि धरती फट क्यों नहीं जाती ताकि वे उसमें समा जाएं। इस बात में सच्चाई भी थी। शिकायत करने वाले उन्हें ढूंढ कर आते थे, इस बात से भी उन्हें दुख था। पंडित जी को सिर्फ एक बात का पता था कि डांट-डपट से डर कर बेटा शायद सुधर सकता है। इस बात की आशा से कभी-कभी बेटे को मजबूती से पकड़ कर मारते-पीटते थे। मगर उन्हें इस बात का पता न चला कि बेटे की आंखों में धीरे-धीरे उनके लिए नफरत बढ़ रही है।

वासू अब तक तो किसी तरह घोड़े वाली गाड़ी के समान टक-टक करके चला था, मगर इस बार भी पब्लिक परीक्षा में फेल हो गया। इस बात का पता चलते ही तुंगक्का की छाती धड़कने लगी। उसे इससे भी अधिक डर इस बात का था कि बेटे के फेल हो जाने से नाराज़ होकर पति महाशय उसे मार ही न डालें? तुंगक्का मुंह पर ताला लगा कर बैठ गई, पति महाशय

आ ही पहुंचे। उनका चेहरा देख कर उसे लगा कि आज पति पर दुर्वासा के साथ-साथ जमदग्नि भी सवार है। वह छटपटाने लगी। उसकी समझ में नहीं आया कि आग जैसे जलते पति को कैसे शांत करे?

"कहां है वह.....अभी तक घर नहीं आया न!" पंडित जी फुफकारे।

"आएगा, आएगा....आप पहले हाथ मुंह तो धो लें...."

"मेरा सर! तुम्हारे पुत्र ने तो मुंह पर तारकोल से पोत दिया है।"

आखिर जब तक वासू आया तब-तक पंडित जी ने अच्छी खासी लाठी तैयार कर ली थी।

"कहां गया था इतनी देर तक?"

"........................."

"परीक्षा का नतीजा क्या निकला?"

"........................."

"मूर्ख!......लगता है कि तेरे पेट में खाना ज्यादा चला गया है।" पंडित जी ने लाठी ऊपर उटाई तो उन्हें रोकने पत्नी आई। पंडित जी ने उसे बड़ी-बड़ी आंखों से घूरकर देखा, वह वहीं की वहीं जाम हो गई। बेटे को मारने-पीटने लगे। वासू जितनी मार पीठ पर सह सकता था, वह सह गया मगर जब सह न सका तो चीखने-चिल्लाने लगा और ज़मीन पर गिरकर तड़पने लगा। पंडित जी हांफने लगे। फिर उन्होंने वासू को घसीटते हुए कमरे के अंदर डाल दिया और पत्नी को घूरते हुए चिल्लाए, "दो दिन तक इसे खाना-पानी मत देना। अगर दिया तो......"

पीड़ा, अपमान और थकान के बाद वासू को रात के आठ बजे ही नींद आ सकी। उसके बाद वह खिड़की के पास आकर चिल्लाने लगा, "भूख लगी है, भूख लगी है।" मगर उत्तर में पिता की गालियां मिली। वासू को दुख हुआ। पत्नी आंखें बचाकर आधी रात में वासू को खाना देगी, इस विश्वास के साथ पंडित जी ने दरवाज़े के आगे ही अपना बिस्तर लगा लिया।

मगर जब दूसरे दिन भी दरवाज़ा न खुला तो वासू घबराया। दबाव, कमज़ोरी और दर्द से कराहने लगा। सारा दिन ऐसे ही बीत गया। शाम को दिया जलाते वक्त तुंगक्का अपने को रोक न सकी। उसे खाने की थाली के साथ खिड़की के पास आना ही पड़ा। मगर यकायक पंडित जी आए, थाली खींच ली। मां ने कई बार विनती की, पिता गालियंा देते हुए चिल्लाने लगे।

ये सब दृश्य वासू ने देखा। उसके होठों पर एक अनोखी हंसी उमड़ आई।

"ऐसा बेटा ज़िन्दा रहने के बजाए अच्छा है कि मर जाए।" पिता पत्नी को घसीटते हुए रसोई-घर में धकेल रहे थे। वासू को पिता की ओर देखने की भी इच्छा न हुई। लगा कि वह सब भूल गया है, अब उसका ध्यान दीवार पर लगा था जहां पर छिपकलियां थीं।

कमरे से टप-टप की आवाज सुनाई पड़ी। साथ में कभी-कभी हंसने की और अपने आपसे बातें करने की भी आवाज़ें आने लगीं। पंडित जी को इन आवाजों में फर्क नज़र आया तो वह डर गए। उन्होने खिड़की से अंदर झांका। पहले-पहले उन्हें समझ में ही नहीं आया कि वासू किस चीज़ की तलाश कर रहा है? उन्होंने अधीरता से पत्नी को पास बुलाया, तुंगक्का ने आते ही चिल्लाते हुए कहा, "वहां देखिए, वह छिपकली पकड़ रहा है।"

छिपकली शब्द कान में पड़ते ही पंडित जी का शरीर घृणा से कांप उठा और वे बिना विश्वास किए देखने लगे। हां, वासू उसी क्षण से दूसरा ही आदमी लग रहा था। उसके चेहरे में भग्नता थी, आंखों में कोई विलक्षण झांकी थी। उसने दस-पन्द्रह छिपकलियों को पकड़ जमीन पर ढेर डाल दिया था। वह कभी-कभी पिता की ओर देखता और दांत दिखा कर किटकिटाता था। फिर दीवार पर छिपकली की तलाश करता था।

बेटे की अक्ल पर भूत सवार हो गया है, यह विचार जब पंडित जी के मन में आया तो वह बहुत घबराए। छिपकली तो विष जन्तु है, जहरीली है। पागल वासू ने भूख के मारे उसे ही खा लिया तो? उन्होंने इस डर से जल्दी ही ताला खोल दिया। दरवाज़े के खुलने पर भी वासू ने कोई प्रतिक्रिया व्यक्त नहीं की, वह अपने ही खेल में लगा रहा।

धीरे-धीरे पंडित जी को बेटे से डर लगने लगा। अब उसके व्यवहार में पूरा परिवर्तन आ गया था। वह दूसरों के साथ हिलता-मिलता नहीं था। बातचीत और नटखटपन से मानों वह अपरिचित था। खाते वक्त भी उसकी आंखें दीवार पर टिकी रहती थीं। पंडित जी को आश्चर्य होता था कि उसके कानों में छिपकली की चाल की आहट कैसे सुनाई पड़ती है। अलमारी के पीछे, फोटो के पीछे कोई भी आवाज़ हुई तो बस, तुरंत वहां दौड़ पड़ता। अगर छिपकली दिखाई पड़ती तो तुरंत उसे पकड़ पर जमीन पर पटक देता था, तभी उसे तसल्ली मिलती थी।

एकाएक छिपकली को देखने पर उसे क्यों ईर्ष्या शुरू हुई? पंडित जी

ने कितनी बार सोचा, पर कुछ भी समझ न पाए। पत्नी ने एक बार, बेटे को डॉक्टर के पास ले जाकर जांच कराने की सलाह दी। मगर पंडित जी ने यह कह कर उसका मुंह बंद कर दिया कि उसे कुछ भी नहीं हुआ है, सन्नी के जैसे खाता है, घूमता है और उनको भय था कि बेटे को डॉक्टर के पास ले जाने पर लोग उन्हें 'पागल का बाप' कहेंगे।

वासू के प्रति पंडित जी की घृणा बढ़ने लगी। उन्हें शक था कि वासू के कारण वो अपने ही गांव में सिर उठाकर चल नहीं सकेंगे, ऐसी स्थिति का निर्माण हो गया है। इसलिए पंडित जी ने कमरे में जाकर दरवाज़ा बंद कर चुप से रहने की आदत डाल ली। जब लोगों को वासू के इस करतब का पता चला तो कुछ नटखट लोग उसे देखने के इरादे से उनके घर बार-बार आने लगे। कुछ लोगों को निराशा भी हुई कि पंडित जी के घर में छिपकलियों का नाश हो गया। मगर वे अपनी कोतूहलता दबा न सके, वासू को अपने घर बुलाने लगे। अगर मन हो तो वासू सबकी मांग पूरी करता था।

पंडित जी पूरी तरह से हार गए थे। चिंता के कारण वे दुबले हो गए। शरीर झुक गया। बाहर जाकर लोगों का सामना करने की शक्ति न रही। हमेशा अंदर ही रहने लगे थे। तन की चमड़ी सफेद हो गई थी। उपासना और परायण में भी मन नहीं लगता था। सब कुछ छोड़ दिया। एक प्रकार से मतिभ्रम की स्थिति में रहने लगे। धीरे-धीरे इस सोच के कारण वे और भी बूढ़े हो गए कि वासू उनका किसी जन्म का शत्रु है।

अब वासू पंडित जी को मनुष्य जैसा नहीं लग रहा था। वह राक्षस है, या जानवर है, यह बात मन आते ही वह उदास हो जाते थे। लगता था कि यह उनकी विफलता का ही नतीजा है। दो दिन खाना नहीं दिया गया, इस पर वासू ने उनसे बदला लेने के लिए ऐसा रवैया अपनाया, देख पंडित जी हतप्रभ रह गए थे। अब उसे सुधारना असंभव था, कोई उपाय नहीं था, वे निराश हो गए।

अब उनके सामने न चाहते हुए भी हर समय वासू का चेहरा आ जाता था। उसकी आंख, उसका चाल-चलन, उसकी चमक, छिपकलियों को ढूंढने की उसकी एकाग्रता, शिकारी के जैसे चलने की उसकी चाल, लपक कर एकाएक पकड़ने की उसकी कला- ये सब सोच कर के पंडित जी कभी-कभी सपने में भी डर जाते थे।

तुंगक्का ने इतने दिनों तक बेटे के भविष्य के बारे में सोचा, पर अब पति की दयनीय स्थिति को देख बहुत ही डर गई। पति पहले हाथी जैसे हट्टे-कट्टे थे, मगर अब वह बकरी की तरह हो गए थे। जब उसने बेटे का अनोखा शौक देखा और उसे यह देखने की आदत भी हो गई तो उसने भी उस ओर ध्यान देना बंद की दिया। वह निर्लिप्त हो गई। मगर वह पति के साथ ऐसा नहीं कर सकती थी। पति जब खाने की थाली देखते तो उन्हें उल्टी आ जाती थी। धीरे-धीरे वह सूखी लकड़ी के समान हो गए थे। उनकी यह हालत देख तुंगक्का रोज़ एक-एक भगवान से मनौती करने लगी।

तुंगक्का को पता था कि पति में बेटे का चेहरा देखने का साहस बाकी नहीं बचा है, वे उससे दूर-दूर भाग रहे हैं, उस पर उनकी ममता नहीं रह गई है, उपदेश देने और उसे दंड देने की इच्छा भी उनमें नहीं है, वे उसकी छाया से भी डरते हैं, उसके सामने खुद अपराधी होकर सिर झुका देते हैं.....।

पति का हमेशा अकेले कमरे में बैठना, चिंता करना और जीने की राह से विमुख होकर इस तरह व्यवहार करना तुंगक्का को ठीक़ नहीं लगा। उसे लगा कि पति को इस तरह छोड़ देने से उन्हें कुछ भी हो सकता है। अब देरी करना उचित नहीं है। उसने तुरंत पड़ोसी के एक लड़के से अपने बड़े भाई शीनघा को फोन करवा के बुलवा लिया। दूसरे ही दिन शाम के वक्त भाई शीनघा आ पहुंचा।

वासू छोटी-सी नींद के बाद दीवार पर नजर टिकाए बैठा था। मामा को देख खड़ा हो गया। वासू के बारे में जो कुछ सुना था, उसका ख्याल आते ही शीनघा को कुछ अजीब सा अनुभव हुआ।

"बहनोई जी कहां हैं?" शीनघा के पूछने पर वासू ने आंखों से कमरे की ओर इशारा किया। जब शीनघा वहां पहुंचा तो पंडित जी आंखें खोलकर लेटे हुए थे। वे अपने जीवन के सब सपने, आशाएं खो बैठे थे, शीनघा को यह बात तुरंत ही पता चल गई।

"आप कैसे हैं? मैं शीनघा आया हूं, " जब मामा पिता के पास जाकर बैठ गया तो वासू दरवाज़े की तरफ पीठ करके खड़ा हो गया।

"यह एकाएक क्या हो गया आपको? क्या हुआ है? कमजोरी से आप छिपकली की तरह हो गए है न?" शीनघा ने व्यग्रता में उन्हें देखा।

पंडित जी को लगा कि मानों एकाएक किसी ने उसकी छाती पर जोर से मार दिया है। उनके मुंह से 'हाय' की आवाज़ निकली और उन्होंने बेटे की ओर देखा। उन्हें लगा 'छिपकली' शब्द सुनते ही वासू की आंखें बड़ी हो गई हैं। उसके मुंह में जीभ खेल रही थी। उसने पिता पर से नज़र नहीं हटाई और मानों 'लक्ष्य' को पकड़ने के लिए आगे और पिता के पसरे पांव की ओर बैठ गया। पंडित जी को लगा कि बेटा एकटक उन्हें ही घूर रहा है। उसकी आंखों में जो अनोखी चमक थी, उसे देखते-देखते वह सिर से पांव तक पसीने से तर हो गए। लगा कि प्रकृति में कोई असंगता हो गई है। वासू ने जम्हाई लेने के लिए हाथ ऊपर उठाया तो पंडित जी को लगा कि वे क्षीण होते जा रहे हैं और वासू प्रेत के समान बड़ा होता जा रहा है। अब वह उन्हें पटक देगा, यह सोचते ही पंडित जी चीखने-चिल्लाने लगे।

शीनघा, जो उनके पास ही बैठा था, एकाएक घटी इस घटना से हक्का-बक्का रह गया। पंडित जी अंट-शंट बकने लगे। उसने पंडित जी को पुकारा, 'बहनोई जी, बहनोई जी!' मगर तब-तक पंडित जी अपना होश-हवास खो बैठे थे। उनकी चेतना खो गई थी। वे लेटे ही लेटे थोड़ी सी सांस लेने के लिए छटपटाने लगे, मानों उन्होंने अपने प्राणांत की सूचना दे दी हो।

□□□

एक कलम के आस-पास

"देखो, इस कलम में एक अपूर्व शक्ति है इससे तुम जिस किसी का नाम लिखोंगे, वह कुछ ही दिनों में म़र जाएगा" स्वामीराव ने गंभीरता से कहा।

चंदर ने यह बात सुनी तो उसने आश्चर्य से कोट की जेब से गोल्डन कलम निकालकर अंगुलियों में पकड़कर देखा जिसे स्वामीराव ने आग्रहपूर्वक रखा था। कलम देखने में अत्याकर्षक तो था.....मगर......

"अंकल आप क्या कह रहे हैं?" चंदर को विश्वास न हुआ।

यह मत समझो...... "मेरी बात परिहास की है"

स्वामीराव ने उसी गंभीरता से कहा, "यह एक सिद्धबाबा की कृपा से मिली अदभुत चीज़ है मगर मुझे मालूम था कि इसे पाने के लिए योग्यता, समर्थथता और साहस की जरूरत है मैं तो कुछ विचारों में कमजोर हूं, इसलिए सोचा था कि तुम्हारे पिताजी का दे दूं मगर वैसा मौका ही नहीं आ पाया अब तो....... वे इस दुनिया में नहीं रहे "

चंदर भोलेपन से सुन रहा था। स्वामीराव अपनी गंभीरता त्याग कर मुस्कराये और उसकी पीठ थप-थपाते हुए कहा, "मगर अब कोई चिंता नहीं है। तुम भी उस पिता के योग्य पुत्र हो। इसलिए निश्चिंतता से यह कलम तुम्हें दे रहा हूं "

चंदर ने शर्मा एण्ड वर्मा संस्था में एम. डी. का जब अधिकार स्वीकारा तो उस खुशी के मौके पर कई लोग आए थे और अभिनंदन की बातें कह रहे थे। मगर चंदर का मन स्वामीराव के बारे में ही सोच रहा था। जहां तक चंदर की जानकारी थी, राव इंडस्ट्रीज़ और शर्मा एण्ड वर्मा इंडस्ट्रीज़ के बीच कभी समरसता नहीं थी। शर्मा एण्ड वर्मा के विषय में राव के मन में ज्यादा असहिष्णुता है। पिताजी ने एक बार कहा था कि हमें पीछे ढकेलने में वह किसी भी वाम मार्ग को अपनाने में बाज नहीं आएगा। यह बात अब चंदर को याद आ रही थी। कहते हैं, स्वामीराव ने एक बार वर्मा अंकल को

हमसे अलग कराने का प्रयत्न किया था, मगर प्रयत्न सफल नहीं हुआ।

पार्टी के खत्म होने पर रात बारह बजे का समय हो गया था। एक-एक करके सभी चलने लगे तो स्वामीराव फिर सामने आया और चंदर से आत्मीयता से कहा, "एक बात तुम हमेशा याद रखो। सिर्फ प्रयोग या हॉबी के लिए इसका उपयोग मत उतरो। कभी यह भी मत सोचो कि यह सिर्फ कलम है। तुम्हें यह अच्छी तरह मालूम हो कि इस कलम में दूसरे की किस्मत बदलने की अद्‌भुत क्षमता है। क्योंकि जो इससे लिखता है, उसके लिए यह कलम निब व्यक्त करती है और यह एक बम के समान अनर्थ कर सकती है। और तुम इसका सदा ध्यान रखना।"

स्वामीराव ने इतने विस्तार से यह बात कही थी, फिर भी यह कलम एक विनाशकारी अस्त्र है, इस बात पर चंदर को विश्वास नहीं हुआ और वह छटपटाने लगा। राव ने थोड़ी सी मुस्कुराहट के साथ फिर कहा, "भूल कर भी तुम अपना या मेरा नाम इस कलम से न लिखना। लिखा तो....." इस बात से चंदर भी उत्साहित हुआ।

ऑफिस आए दो दिन हो गए, मगर वर्मा अंकल ने एक बार भी दर्शन न दिए तो चंदर तुच्छता की भावना से छटपटाने लगा। सुंदर को बुलाकर पूछने पर उसने कहा, "पिताजी जरा थक गए हैं। डॉक्टर ने सलाह दी है कि एक महीने तक आराम करें "

"तो तुमने यह खबर मुझे पहले क्यों नहीं दी?" चंदर ने आक्षेप व्यक्त किया।

"तुम एम. डी. होने की खुशी में थे ये मेरी इच्छा तुम्हारे मूड को खराब करने की नहीं हुई......."

सुंदर के नीरस उत्तर से चंदर चिंतित हुआ। शाम तक इसी चिंता में था फिर सोचा कि वर्मा अंकल के घर जाकर उनका हाल-चाल पूछूं, मगर दास दिखाई पड़ा और कहा, "इस तरह घर जाना अच्छा नहीं लगता, सर।"

चंदर ने तुरंत आश्चर्य से दास का चेहरा देखा। यह दास आम आदमी नहीं है, पिता की यह बात उसे याद आई और उसे लगा कि पिता की इस बात में खास मतलब है। यह दास बहुत समय से पिताजी का सहायक रहा था। इसे शर्मा एण्ड वर्मा संस्था के कई लोगों के स्वभाव और रहस्य का पता है। जब मैं अधिकार में आया तो तभी दास को बदलने की सूचना वर्मा अंकल से मिली थी, मगर पिता के प्रति उसे जो आदर था, इससे उसका

पालन नहीं किया था।

"अब आप पहले जैसा मनचाहा बर्ताव करेंगे तो यह कुछ अनुचित लगेगा, सर। आगे से आपको इस संस्था की प्रतिष्ठा के अनुकूल बर्ताव करना चाहिए क्योंकि आप एक बड़ी संस्था के एम. डी. हैं और मुझे पता चला है कि वर्मा जी को आराम लेने की आवश्यता नहीं है। उन्हें हुआ यह है कि ......"

चंदर को कोतूहल हुआ। उसने आगे बताने के लिए दास को उकसाया, "मुझे लगता है कि सर की यह पराजय का चिन्ह है। मैंने सुना है कि आपके पिताजी के बाद इस संस्था का एम. डी. कौन बने, इस मामले में वाद-विवाद और मनमुटाव हुआ है, पर यह सब आपका निजी मामला है। मैं कैसे........?"

"ठीक है" चंदर ने बैठे-बैठे सिर हिलाया। वर्मा अंकल का बेटा सुंदर भी मेरे हम उम्र वाला है। मैं अपनी संवेदनाओं को ज्यादा महत्त्व दे रहा था, इसलिए व्यावहारिक रूप से उससे कुछ पिछड़ गया हूं, यह बात सही है। इसी कारण से वह मुझसे ज्यादा होशियार है, इस निश्चय से वर्मा ने बेटे को एम. डी. की कुर्सी पर बैठाने का स्वप्न देखा है, यह किसकी गलती है?

"आपके पिताजी पर अधिक दबाव था, सर उनके बेटे को अगर एम. डी. न किया गया तो अपनी साझेदारी से बाहर आ जाएंगे, इस प्रकार एक वार वर्मा अंकल ने आपके पिताजी को ज्यादा डराया था, ऐसा कहते हैं।"

"तो यह बात है! अब तक मुझे इस बात की जानकारी ही नहीं थी" चंदर ज़रा डर गया।

"आखिर तो आपके पिताजी ने वर्माजी को किसी प्रकार खुश किया, यह सच है। मगर यह निश्चय कब तक ठोस रहेगा, कोई कल्पना भी नहीं कर सकता।"

चंदर को तुरंत एक बात की याद आई। लगता है, शायद अपने बेटे को ही एम. डी. करने की स्थिति में पिताजी ने। उन्होंने कहा था, "देख बेटे, मेरे और वर्मा के खून-पसीने से इस संस्था की स्थापना हुई है। हम दोनों एक साथ हैं, इस बात से कुछ लोग जल रहे हैं। किसी भी तरह हम दोनों को अलग करने का प्रयास भी किया है। मगर वर्मा ने मेरा साथ नहीं छोड़ा। संस्था के प्रति उनकी निष्ठा अचल है। इसलिए तुम भविष्य में कोई ऐसा

काम न करना, जिससे वर्मा के मन को ठेस पहुंचे। मैं यह बात इसलिए कह रहा हूं कि मैं भी कुछ बातों में स्वार्थी था, इसलिए वर्मा दुखी हुआ है। फिर भी उसने मेरी बात को नहीं टाला। हमेशा के लिए वर्मा इस संस्था का आधार स्तंभ है।"

पिताजी की बात सच तो है- चंदर बैठे-बैठे छटपटाया। जितना सोचता, उतनी समस्याएं उठ खड़ी हो जाती। पिताजी ने तो वर्मा अंकल के प्रति हमेशा से ही सद्भाव रखा होगा। मगर अब पित्राजी की यह उदारता फांसी के रूप में मेरे गले पड़ेगी, यह कैसे कहा जा सकता है? दास की शंका के अनुसार हर बात के लिए वर्मा अंकल से पूछा जाए तो इसका अंत कहां होगा? और मेरी एम. डी. के स्थान की मर्यादा का अर्थ ही क्या है? अपनी सज्जनता का दुरुपयोग कर वर्मा अंकल और सुंदर मुझे नियंत्रण में रखने की बात सोचेंगे तो क्या होगा? सच है उनके अनुभव के आगे मैं तो कुछ भी नहीं हूं-मगर संस्था को बढ़ाने के मामले में मेरी योजनाओं और उत्साह पर वर्मा अंकल ने ध्यान न दिया तो......

यह कैसे कहा जा सकता है कि मेरे एम. डी. होने पर वर्मा अंकल को असहिष्णुता नहीं हुई है? उन्होंने ही हंसते हुए मेरा हाथ पकड़ा था और एम. डी. कुर्सी पर बैठाकर, तालियां बजाकर खुशी जाहिर की थी। खुशी में पार्टी भी आयोजित की थी। मगर अंदर ही अंदर उन्हें उदासीनता तो है ही। शायद मुझे कठपुतली बनाने की योजना भी रही होगी। पहले दास को बदलने की बात कही। बेचारा पिताजी के जमाने से विश्वस्त दास को बिना कारण कैसे बदला जा सकता है? क्या यह दास के प्रति मेरा अन्याय न होगा?

अब तो वर्मा अंकल जिद कर रहे है कि वे एक महीने तक ऑफिस नहीं आएंगे। यह सब क्रियाएं मुझे सताने के लिए नहीं है, यह कैसे माना जा सकता है?

पंद्रह दिन के अंदर ही चंदर को दास के द्वारा और भी कई बातों की जानकारी हुई। वर्मा अंकल को अब संस्था में आस्था नहीं है। अपने हिस्से को वापिस लेकर एक नई संस्था स्थापित करने की योजना उनकी होगी या सुंदर को मेरे खिलाफ प्रतिस्पर्धी के रूप में खड़ा करने की साजिश कर रहे हैं। संस्था के सभी रोपर होल्डरों से उनकी गुप्त रूप से बातचीत हो रही है।

चंदर हताश होकर बैठ गया। बेटा एम. डी. न बन सका इस छोटी-सी

बात के लिए वर्मा अंकल खुद बनाई हुआी संस्था से धोखा करेंगे और इस दिशा में वे आगे बढ़ रहे हैं, इस बात की कल्पना वह स्वप्न में भी नहीं सोच सकता था। एक पल के लिए उसमें असहिष्णुता जागी। जो भी छोड़कर चले जाएं मैं तो संस्था को आगे बढ़ाकर ले जाऊंगा, यह जिद्द उसमें जागी। इस विचार से वर्मा अंकल से भेंट करने की बात स्थगित कर दी। अगर वर्मा अंकल द्वारा संस्था को छोड़कर जाने की बात सच है तो उन्हें इस गलती के लिए उचित दंड भी होना चाहिए। जब यह इच्छा हुई तो तुरंत उसके मन में उस जादुई कलम की याद हुई जिसे स्वामीराव ने दिया था।

चंदर ने धीरे से उस गोल्डन कलम को हाथ में लिया। उसकी अद्भुत शक्ति और नतीजों के बारे में उसे सचमुच विश्वास नहीं था। सोचा केवल नाम लिखने से यह कमाल कैसे हो सकता है? मगर सोच सोचकर हार गया। इस कलम से लिखने मात्र से वर्मा अंकल इस दुनिया से चले जाएंगे, इस भ्रम के बिना, सिर्फ कौतुहलवश, एक स्वच्छ पन्ना निकालकर टेबल पर रख दिया। उस पर वर्मा अंकल के नाम को बड़े-बड़े अक्षरों में सुंदर रूप से लिखा और मुस्कुराते हुए टेबल के अंदर उसे रख दिया।

एक सप्ताह बीता होगा। चंदर जब ऑफिस आया तो दास ने आगे आकर कहा, "सर एक बुरी खबर है" और उसने अपना सिर झुका लिया। चंदर ने विस्मित होकर आंखों से ही इशारा करके पूछा कि क्या बात है?

"आज सुबह वर्मा जी जब जॉगिंग करने के लिए गए थे तो एक ट्रक ने उनपर हमला कर दिया। अभी-अभी फोन आया था। वर्मा जी उसी जगह पर......"

दास की बात सुनते ही चंदर ने 'हाय'! कहते हुए दीवार को पकड़ लिया, उसे चक्कर आने लगे। एक पल के लिए उसकी समझ में नहीं आया कि यह पाप के भय से हुआ है या आश्चर्य से हुआ है। फिर अपने आप आंखों से आंसू निकल आए। केबिन में कर्तव्य विमूढ़ होकर बैठ गया। हादसा किसी भी तरह हो वर्मा अंकल की मृत्यु का कारण मैं ही हूं, इस चिंता से वह कांप उठा। सचमुच, उन्हें मार डालने की इच्छा मुझे कभी नहीं थी, मैंने स्वामीराव की चेतावनी पर ध्यान न दिया, यह मेरी गलती है..... सिर्फ नाम लिखने मात्र से वह घटना सचमुच ही घट गई, इस बात से चंदर अवाक् रह गया।

दास की सलाह के अनुसार एक दिन अचानक चंदर घर गया तो उसे आघात की बात हुई। इंदुमति के साथ सुंदर बातें करते बैठा था।

चंदर के आगमन से सुंदर भी दंग रह गया था, उसके चले जाने के बाद चंदर उदास रह गया तो इंदुमति ने कहा, "आप इतना मत सोचें, चंदर। सुंदर का यहां आने का कारण दूसरा ही था"। मगर उसकी बात से चंदर को तसल्ली नहीं हुई।

"अगर तुम कहती तो मुझे पता चलता" उसकी आवाज़ में शुष्कता थी।

"उसके पिताजी की मृत्यु आकस्मिक नहीं है, बल्कि एक पूर्वनिर्धारित खून है। उसे लगा कि इस खून के पीछे अपने ही किसी का हाथ है।"

"खून-किसका हाथ! चंदर एक पल के लिए पसीना-पसीना हो गया। पानी पीया। धीरे-धीरे संभलने के बाद उसके चेहरे पर थोड़ी-सी मुस्कान दौड़ पड़ी। वर्मा अंकल के नाम को पन्ने पर लिखने के बाद ही उनकी मृत्यु हो गई है, यह बात सच है। मगर खूनी मैं हूं, उसमें मेरा हाथ है, इसकी पुष्टि कर मुझपर कोई आरोप कैसे लगा सकता है? क्या यह संभव है?

चंदर ने अब पत्नी की ओर देखा, "मगर यह बात कहने के लिए उसे घर आकर तुम्हारे सामने गिड़गिड़ाने की क्या आवश्यकता थी? उस मूर्ख को क्या ऑफिस में......"

उसके लिए समस्या हो गई है कि आपसे कैसे इस विषय में बात करे। फिर आप ज्यादा बिजी हैं। सुंदर ने कहा कि "एम. डी. होने के बाद चंदर बहुत बदल गया है" पत्नी ने सहजता से कहा।

"वह जो कुछ भी कहना चाहे, ऑफिस में आकर कहे। इस प्रकार बहाने बनाकर चोर के जैसे घर आना नहीं चाहिए। तुम शादीशुदा औरत हो। तुम्हें भी याद रहे। एक गृहिणी के लिए जिस प्रकार की गंभीरता चाहिए, उसे सीख लो....." चंदर ने कटुता से कहा और उठ खड़ा हुआ। इंदुमति हक्का-बक्का रह गई।

"चंदर, क्या कह रहे हो?" उसने उद्विग्नता से कहा। मगर चंदर ऐसे चला गया मानों उससे बात करने की उसे इच्छा ही नहीं है।

चंदर व्याकुल हो गया था। जब अकेले में रहता तो लगता था कि मैं चोर हूं, उसका कलेजा कांप उठता था..... वर्मा अंकल ने धोखा किया, इस बात से वह अब भी परेशान है और.... उसने इंदुमति से प्यार किया था, उसकी यह बात भी सच है। पिताजी को यह बात मालूम थी या नहीं मुझे

तो इंदुमति पसंद थीं। पिताजी ने कई कोशिशों के बाद उसे बहू बनाया। अब तो वो मेरे प्रति वफादार रही है। मगर यह निराश सुंदर मौका पाकर रोज घर आता रहा और उसे फंसा लिया तो उसका जो अभियान है, वह प्यार के रूप में बदल जाने में कितनी देर लग सकती है? शायद दास ने जिस प्रकार सोचा है, उसी प्रकार सुंदर जान-बूझकर ये सब कर रहा है। मेरा दिमाग खराब करना ही उसका उद्देश्य है। बेचारा, वह मुझसे किस प्रकार बदला ले सकेगा? सच है, सुंदर निराश हो गया है। उसने जो चाहा था, वह उसे नहीं मिला है। बदला लेने की भावना सचमुच अंदर ही अंदर उकसा रही हैं।

चंदर ठीक से बैठ गया और फिर एक बार गोल्डन कलम पकड़ी फिर सोचा कि मुझे वास्तव में सुंदर के साथ कोई द्वेष नहीं है, इस तरह की धृष्टता नहीं करनी चाहिए और उसने कलम छोड़ दी। मगर बुरे विचार फिर उसके सामने आने लगे, उससे काम नहीं हो सका और फिर धीरे-धीरे उसने सोचने की राह बदल दी- सुंदर मुझे नुकसान कर रहा है, इस बात के जानने पर भी अगर मैं चुप रहा तो मुझे ही जोखिम उठाना पड़ सकता है, इस भावना से वह फिर जागृत हुआ। उसने दृढ़ निश्चय कर लिया कि सुंदर को दया दिखाने की आवश्यकता नहीं है। सुंदर एक भले आदमी के समान बर्ताव नहीं कर रहा है, इसलिए उसे सबक सिखाना ही चाहिए।

अब पहले के समान भय नहीं था। मेरे पास जो अचूक अस्त्र है, उसके इस्तेमाल करने से दो-दो फायदे हैं, इस बात से वह खुश हुआ। पहला सुंदर की कहानी खत्म हो जाएगी; दूसरा- शर्मा एण्ड वर्मा संस्था के लिए मैं ही मालिक बन जाऊंगा।

चंदर ने देरी नहीं की। फिर एक पन्ना निकाला, बिना किसी डर के गोल्डन कलम से बड़े-बड़े अक्षरों में सुंदर का नाम लिख दिया।

चार दिन बीत गए। पांचवें दिन वह जब ऑफिस में था, आंधी के समान आकर आदेश की प्रतीक्षा किए बिना स्वामीराव कुर्सी पर बैठ गया और एकटक उसे देखने लगा। उसकी धृष्टता देखकर चंदर दंग रह गया।

"चंदर, मैंने तुम्हें अत्यंत सभ्य व्यक्ति समझा था" स्वामीराव ने गंभीर आरोप लगाते हुए कहा, "मैंने सोचा था कि एक महान् शक्ति का तुम सोच समझकर इस्तेमाल करोगे। मगर अब मुझे मालूम हुआ कि तुम मुझसे भी कमजोर हो। मैंने स्वप्न में भी नहीं सोचा था कि तुम इतनी जल्दी दो खून करोगे।"

चंदर मूर्ख·के समान सुन रहा था और तभी स्वामीराव तुरंत उठकर टेबल पर झुका और हाथ फैलाकर चंदर के कोट से गोल्डन कलम उठा लिया।

"क्या अभी तक तुम्हें मालूम नहीं है, कल रात सुंदर का सड़क पर खून हो गया है। चाहे जो भी हो यह बुरा काम करें, मगर खूनी तो तुम ही हो, यह सिर्फ हम दोनों को पत्ता है। तुम गर्व मत करो कि बिना सबूत के तुम बच गए हो। जिसने तुम पर उपकार किए, उन्हें तुमने अकारण मृत्यु के मुंह में ढकेल दिया है। ये दोनों आत्माएं तुम्हें यूं ही नहीं छोड़ेंगी। वे रात में तुम्हारी नींद खराब करेगी। तुम्हारे वंश का नाश करेंगी।" स्वामीराव ने उसे ही देखते हुए कहा।

चंदर को कुछ न सूझा। आत्मा की बात से और डर गया। मगर स्वामीराव ने उसकी चिंता नहीं की और गोल्डन कलम को अपने जेब में रखते हुए कहा, "और अगर यह कलम अब भी तुम्हारे पास रहा तो तुम पर कैसे विश्वास करूं कि आगे तुम मेरा भी नाम नहीं लिखोंगे? जब-तक योग्य व्यक्ति नहीं मिलेगा, तब-तक इसे मैं अपने पास ही रख लेता हूं।"

स्वामीराव गंभीरता से वहां से चला गया इसी रात जब स्वामीराव सोने की तैयारी कर रहा था तो कॉलिंग बेल की आवाज़ सुनाई पड़ी, उसके मुख पर मुस्कान दौड़ पड़ी। 'नाइट गाऊन' पहनते हुए जब नीचे उतर आया तो सामने दास बैठा हुआ था। उसे देखते ही दास ने झट से खड़े होकर नमस्कार किया।

"बैठ जाओ, दास" स्वामीराव के कहने पर भी दास अभी खड़ा था। उसके ऊपर अपना जो असर पड़ा था, इससे अंदर ही अंदर गर्व हुआ।

"दास जिस काम को मैंने तुम्हें सौंपा था, उसे तुमने बहुत ही खूब निभाया है। अब आगे की बात करो तुम्हें कितने पैसे चाहिए, पूछो। पांच लाख या दस लाख !"

दास ने विनीत भाव से सर हिलाया। उसका चेहरा ही बता रहा था कि स्वामीराव की बातों से उसे खुशी नहीं हुई है।

"बॉस, मैं तो आप पर भरोसा करके ही आया हूं। आप अपने वचन के अनुसार...."

"जरूर", उसकी बात को रोकते हुए स्वामीराव ने कहा," अब तुम्हारी चिंता का कारण नहीं है। अब तो शर्मा एण्ड वर्मा संस्था के लिए कोई

आधार स्तंभ ही नहीं है। वह एम. डी. चंदर है न, अभी बच्चा है। उसमें उत्साह जरूर है, मगर उसमें चतुराई नहीं है। देख लो, वह संस्था बहुत जल्दी ही दिवालिया हो जाएगी; तब उसे मैं ही खरीद लूंगा और तुझे एम. डी. बना दूंगा।"

"बस, मैं इतना ही चाहता हूं, बॉस, मैं हमेशा आपका ऋणी हो जाऊंगा" दास ने खुशी से स्वामीराव के चरण पकड़ लिये और वहां से चला गया।

अब तो जो कुछ घटा, स्वामीराव को विश्वास नहीं हो रहा था। उसे ही विश्वास नहीं हुआ था कि उसके विरोधी इतने जल्दी उसके प्रयोग से परास्त हो जाएंगे। चंदर जैसा बेवकूफ शर्मा एण्ड वर्मा संस्था का एम. डी. होकर अपना काम आसान बनाया। बेचारा वह मूर्ख अब उन्नति नहीं करेगा। गोल्डन कलम से लिखने से ही बाप-बेटा मारे गए हैं। नैतिक रूप से उसने विश्वास कर लिया है कि वह खूनी है। इस भावना से वह कभी भी छुटकारा नहीं पाएगा। धीरे-धीरे वह पछताएगा; दुखी होगा। शायद पागल भी हो जाएगा। मगर अंत तक यह गोल्डन कलम एक मामूली कलम के रूप में रहेगा। सभी कलम के जैसे यह भी सिर्फ लिख सकता है, इसमें कोई भी अपूर्व शक्ति नहीं है। जो कुछ भी था वह सब कुछ स्वामीराव के मस्तिष्क में था, यह बात चंदर को कभी नहीं पता चल पाएगी।

मगर स्वामीराव में और एक भय बचा रह गया-दास को मेरे षडयंत्र के बारे में पता है, यह डर उसमें अभी रह गया है। मामूली नौकर दास को एम. डी. होने की आशा ! इसे एम. डी. बनाने के बदले सावधानी से हमेशा के लिए दूर करना ही उसकी सेवा का पुरस्कार है, यह सोचकर स्वामीराव और एक उपाय करने लगा।

□□□

हथकंडा

"अब मैं मृत्यु के मुंह में फंस गया हूं, इसी भय से थर-थर कांप रहा हूं। मेरी इच्छा है कि मरने से पहले तुम्हें देखूं और तुमसे बात करूं। आओगे न?" महाबलगिरी ने एक ही सांस में कह डाला। उसकी बातों में जो भय था, उसे कोई भी पहचान सकता था। मगर बात स्पष्ट नहीं हुई। महाबलगिरी ने मध्यरात्रि में फोन किया था, इससे मेरे होश उड़ गए,

मैंने अपने उस जिगरी दोस्त को, स्कूल के दिनों को छोड़कर इन तीस-पैंतीस सालों में कोई तीन-चार बार ही देखा था। वह भी अचानक किन्हीं सभाओं में। उस समय भी उससे दिल की बातें करने का मौका नहीं मिला था, उसके आसपास उसे घेरकर, उसकी कृपा प्राप्त करने के लिए राजनेताओं की भीड़ ही रहती थी। गिरी को भी राजनीति का बहुत शौक था। 'मुझे फुरसत नहीं है' यह बात गिरी कहता रहता है, यह उनके कई दोस्तों की शिकायत थी, उस समय उनकी आँखों में घनी ईर्ष्या नाचती थी। कभी-कभी मुझे भी गिरी विचित्र-सा लगता था, नाटा लगता था। मगर अब राजनीति में शामिल होकर साहसी बन गया है। बचपन में जब वह मेरे साथ रहता था, तब कायर के नाम से गालियाँ खाता था, वही अब राजनीति में एम.जी. राव के नाम से नामी हो गया है। यहाँ जो सरकार हमेशा बदलती रहती थी, उस के पीछे गिरी का हाथ है, यह खुला रहस्य है। विशेष बात यह है कि गिरी किसी भी पार्टी का सदस्य नहीं है। कोई भी अधिकार उसके हाथ में नहीं है। उसका कोई गाडफॉदर भी नहीं है। फिर भी, राजनीति में वह जो कुछ कहता है, चलता है। सभी पाटियाँ उसे अपनाती हैं और उसकी प्रशंसा करती रहती हैं।

मगर सभी पार्टियों को उसके बारे में अंदर-ही-अंदर डर रहता है। उसकी ताकत और क्षमता को वे नाप नहीं सकते हैं, यह उनकी असमर्थता है। अपनी जटाओं को विवश होकर उसके हाथ में इकट्ठा कर देने की बदनसीबी है उन्हें, इसलिए एम.जी. राव को 'किंग मेकर' उपाधि ....

मगर काल-चक्र बदल गया था। गिरी ने समझ लिया था कि मेरा खेल

अमर है, मगर अब वह कांप रहा था। अपार शक्तिशाली व्यक्ति को अब मौत का डर!

उसका स्वास्थ्य बुरी तरह खराब हो गया होगा, इसके लिए उसकी बातचीत में मुझे कोई विशेषता दिखाई नहीं पड़ी...फिर भी वह अतिंम समय की प्रतीक्षा कर रहा है। अर्थात् क्या वह अपनी सुपर-शक्ति को खो चुका है? उसका रहस्य खुल गया होगा? किसी मामले में वह फंस गया होगा कि उससे बाहर ही नहीं निकल पा रहा है? विपक्ष वालों ने उसे खत्म कर देने की योजना बना ली है?

"ठीक है, आज रात ही चला आता हूं" गिरी का पता फिर एक बार पूछा। मेरे भरोसे के बाद ही उसने ठीक से सांस ली।

रिसीवर रखने के बाद मुझे एक बात फिर याद आई। वह एक प्रकार से विलक्षण बात थी, इसलिए उसे भूला नहीं जाता था।

पहले गिरी की एक बुरी आदत थी। उसे कभी न आमने-सामने बैठकर या खड़े होकर बातें करना, यह मालूम ही नहीं था। उनके हाथ पकड़कर या बदन से बदन का स्पर्श का या कंधे पर हाथ रखकर बोलने की ही आदत थी। एक बार जब उसने मुझसे बातें करते समय यकायक मुंह फेरकर कहा कि लाइब्रेरी की किताब खो गई है, इसके लिए क्यों परेशान होते हो? तब मुझे बड़ा आश्चर्य हुआ था और मैंने उसे एकटक देखा था।

"तुम्हें कैसे पता चला?"

"तुम्हारे दिल की धड़कन ने सब कुछ बता दिया" गिरी से हंस दिया था। मुझे तसल्ली नहीं हुई थी। "यानी तुम दूसरों के मन की बात समझ सकते हो?" उसने गर्व से सिर हिलाया था। "तो अब मेरे मन में क्या है, बताओं तो सही?" मैं तुरन्त जिद्द से एक पल के लिए ऐसा बैठ गया जैसे कि ध्यान मग्न हो रहा हूँ। फिर आँखें खोल दीं। गिरी जैसे उसी की प्रतीक्षा में था, कह डाला, "स्कूल के छूटते ही होटल जाकर मसाला-डोसा खाने की बात सोच रहे हो। मगर जेब में पैसे नहीं हैं, यह भी पता है।" वह ठहका मार कर हंस दिया, मैं दंग रह गया था। जहां तक मेरी समझ है, वह तो कोई जादू-टोने वाला पंडित नहीं है। फिर भी, दूसरे के मन को पढ़ने की शक्ति उसमें कैसे संभव है, यह जानने के बदले ऐसी शक्ति हासिल करने की आतुरता.... मगर मैं जितनी प्रार्थना करूं तो भी गिरी किसी प्रलोभन के लिए नहीं झुका, वह अचल था। उसने रहस्य की बात नहीं

बताई, उससे मैं खीझ उठा तो उसने कहा था-"यह भगवान की देन है-सभी के वश की बात नहीं है।"

मगर इतने बरस बाद यकायक आफत मुँह बांए खड़ी हो गई, इसके लिए क्या उसकी अमूल्य शक्ति ही कारण है? इतने समय तक अपनी शक्ति के प्रभाव से वह राजनीति में जी भरकर खेला था, वही गिरी अब क्यों कांप उठा है? उसकी राजनीति में उसके न जाने कैसे-कैसे दोस्त भी रहे होंगे। फिर भी सबको छोड़कर मुझे ही बुलाया। उसे मुझ पर न जाने कैसा भरोसा है? इस पल में वह मुझसे कैसी मदद की प्रतीक्षा कर रहा है?

न जाने क्या कर लिया होगा और उसे मुझे कह डालने में क्या फायदा होगा? अगर इस कठिन हालात से उसने मुझसे फायदे की मांग की तो उसे बचाने की क्षमता मुझमें है? उसने जो अंदाज किया है, उसी प्रकार मृत्यु ने उस पर आक्रमण किया है तो मैं क्या कर सकता हूँ? उसे निरुपाय देखने के सिवा...

जब मैं गिरी के घर पहुँचा तो सुबह के आठ बजे थे। मुंबई से सबेरे हवाई जहाज से निकला था। दूर का सफर है, सोचकर ही मैं काफी थक गया था। स्टेशन से फोन पर मैंने अपने आने की सूचना दी थी, इसलिए मुझे देखते ही वह हौले से मुस्करा दिया। मगर उसके चेहरे पर कोई ऐसी खुशी दिखाई नहीं पड़ी, मैं दंग रह गया। गिरी अब उदास था। झुका हुआ था। ऐसा लग रहा था कि उसे फांसी की सजा दी गई हो।

उसके महल जैसे घर को देखकर आश्चर्य हुआ। राजनीति में इतना नामी है, यह भी नहीं किया तो क्या फायदा है, सोचते हुए उसके साथ सीढ़ियाँ चढ़ा। कमरे को पार करते हुए आगे बढ़ा। "यह मेरा बचपन का दोस्त है, दो-तीन दिन हमारे यहाँ अतिथि के रूप में रहेगा" उसने पत्नी-बच्चों से मेरा परिचय कराया। फिर मेरे लिए निश्चित कमरे में आते हुए कहा,"क्या करूं, सब कुछ समस्या बन गई है।" उसने जोर से सांस ली। दरवाजा बंद कर दिया और मेरे सामने सौफे में पहेली के समान बैठ गया।

"क्या हो गया है, तुम्हें?" मुझमें कौतूहल भरा हुआ था, फिर भी, उस वक्त आत्मीयता से ही पूछा, "इतने घबराए हुए क्यों हो?"

उसने मुंह से सांस ली।

"तुम्हें कुछ नहीं होगा। तुम्हारे जैसे आदमी का कोई क्या-कुछ कर

सकता है?"

उसकी परेशानी को कम करने में मेरे शब्द हार गए।

"नहीं, मुझे सब पता है" उसकी आवाज में आतुरता थी,"अब मेरे घर के चारों ओर गुप्तचर घूम रहे हैं, मेरे फोन को चोरी से सुना जा रहा है। गिरी ने विवश होकर अपने सिर को पीछे टेककर आँखें बंद कर लीं।

उसकी बात सुनकर मैं भी कुछ घबरा गया। "तो अब मेरे यहाँ आने की खबर...?" हाँ, इसका भी उसे पता लग गया होगा।"

"पर उसे माने किसे?"

"मुख्यमंत्री को।"

गिरी का चेहरा फ़ीका पड़ गया था। उसे देखकर मुझे दुख हुआ। एक जमाने में कई सफल सरकारों को उलट-पुलट देने की क्षमता गिरी में थी, अब वहीं आदमी इस प्रकार तड़प रहा था कि जैसे वह परकटा पक्षी हो।

"देखो, तुम्हारा ये भय बिना कारण होगा।" उसकी व्याकुलता को कम करने की कोशिश करते हुए मैंने धीरे से कहा, "यह सब तुम्हारी कल्पनाएँ हो सकती हैं? इन लोगों पर तुम्हारा प्रभाव काफी है न! तुम्हारे यहाँ भी काफी लोग होंगे। तो फिर डर काहे का?"

"अब कोई नहीं है। मैं तो अब ऐसा हो गया हूं जैसे तूफान के शिकार होने वाला सूखा हुआ अकेला पेड़! मुख्यमंत्री मुझे खत्म करने की योजना ढूँढ रहा है। इसलिए मेरी मृत्यु में देरी हो गई है, बस। नहीं तो अब तक..."

"हुआ ही क्या है?"

"हाँ, सुनो। मुझे तभी तसल्ली मिलेगी जबकि उसे तुम्हारे सामने कह डालूँ। यह तो तुम जानते ही हो कि मुझमें एक अपूर्व शक्ति है।"

"हाँ, पता है।"

"वही शक्ति अब मेरे विनाश का कारण बन गई है। मैं इतना ऊँचा चढ़ा था, इस शक्ति की मदद से ही। अब जो नीचे लुढ़क रहा हूं, उसी के कारण से ही..."

मैं सुनने बैठ गया। उसने आँखें पोंछते हुए जो कहानी कही, वह इस प्रकार है:

गिरी में बड़ी महत्वाकांक्षा थी। अगर मैं हाथ डालूं तो बांबी में ही डालूंगा, ऐसी उसकी मनोभावना थी। शीघ्र ही वह अपने गांव के आदमी

सुब्बण्णा के संपर्क में आया। सुब्बण्णा ने स्वयं मान लिया था कि उसके एम.एल.ए. होने में गिरी का ही हाथ है। इसलिए दोनों जिगरी दोस्त हो गए। गिरी सबसे स्नेह का बर्ताव दिखाता था, उसके मन की बातों को उनके बताए बिना ही अपने अधीन में ले लिया। इस मुनाफे में सुब्बण्णा मंत्री हो गया।

धीरे-धीरे गिरी में यह भावना बल पकड़ती गई कि मेरी अपूर्व शक्ति से दूसरों को लाभ होगा तो उससे मुझे क्या मिलता है? तो गिरी ने सुब्बण्णा के मन को आजमाकर उसे दूसरों के हाथ बेच दिया। दूसरों के मन की बात को तीसरे के हाथ बेच दिया। इस प्रकार एम.जी. राव के कारण राज्य की राजनीति डगमगाने लगी, राजनीति में जो-जो लगे थे, वे सब उसको देखकर डरने लगें, ऐसी स्थिति हो गई। एक बार तो एक ही अवधि के अंदर चार मुख्यमंत्री अपने पद से गिर गए। एम.जी. राव सर्वशक्तिमान हो गया था।

राव की उन्नति को देखकर सभी पार्टी के लोग दंग रह गए। कुछ लोगों ने तो अंदर-ही-अंदर षडयंत्र करने की बात सोची, मगर वे सफल नहीं हुए। गिरी में सबके मन की बात जानने की जो अद्भुत शक्ति थी, उसे देख सभी दंग रह गए थे। उसके दर्शन होने पर वे कांपने लगते, अगर वह कुछ कर बैठा तो....उनके पास बैठने पर, कंधे सहलाने पर, उनकी पीठ थपथपाने पर वे भयभीत हो जाते थे।

एक दिन विपक्ष का नायक रंगप्पा भेंट के लिए आया। भेंट का अर्थ है अधिकार, यह बात एम.जी. राव को पता थी। इधर, मुख्यमंत्री सुब्बण्णा हद से बाहर जा रहा है, ऐसा अनुमान था। इस बार रंगप्पा को भी अवसर देना है, इसमें कोई गलती नहीं है, ऐसा सोचते हुए एम.जी. राव ने रंगप्पा का स्वागत किया।

मगर रंगप्पा की चिंता और ही थी।

"देखिए रावजी, हमारे पक्ष में कुछ लोग जलन से मेरे विरुद्ध षड्यंत्र रच रहे हैं। मेरे बारे में झूठे आरोप लगाकर सूची तैयार की है जो अभी-अभी हाईकमान को पहुंची है। उसकी जांच के लिए खुद हाईकमान यहां आ रही है। आप कृपाकर हाईकमान से मिलिए और उसके मन में मेरे बारे में क्या राय है, यह जानकर.."

"ठहरिये...." राव ने कुछ सोचते हुए हाथ उठाया।

"आपका हाईकमान यानी...औरत है न?"

"जी हाँ"।

"तो यह संभव नहीं है।"

"संभव क्यों नहीं है...अगर आप यह मदद करेंगे तो मरते दम तक आपका नौकर बन जाऊंगा। आपकी शक्ति के आगे क्या असंभव है?"

"फिर भी, कोई मर्द होता तो...."

"यानी...महिलाओं के मामले में आपकी शक्ति निष्क्रिय होती है?"

"जी हां..."

गिरी ने तुरन्त जीभ काट ली। बात हद से आगे आ गई थी। मगर अब तक रंगप्पा को रहस्य का पता लग गया था।

यहां से जाने के बाद रंगप्पा ने मुख्यमंत्री सुब्बण्णा से भेंट की। वे दोनों किसी रहस्य की बातचीत में लग गए हैं, यह खबर पाकर गिरी डर गया। उसने फोन से संपर्क साधने की कोशिश की, मगर सब बेकार। आखिर विवश होकर खुद ही चल पड़ा।

उसका सुब्बण्णा ने स्वागत किया, मगर उसकी आवाज में उपेक्षा की भावना थी, चाल-चलन में तनाव आ गया था। दूसरा मौका होता तो मुख्यमंत्री के साथ सोफे पर बैठकर उसके कंधे पर हाथ डाल देता था। मगर अब उसके लिए मौका ही नहीं मिला। "कैसे आए?" सुब्बण्णा गिरी अनुभवी राजनेता के समान लगा। उसने उसे बैठने के लिए भी नहीं कहा और रंगप्पा के साथ जो बातचीत हुई थी, उसका ब्यौरा चाहा। सुब्बण्णा ने तनकर कहा, "तुम तो पार्टी के प्राथमिक सदस्य भी नहीं हो, तुम्हें यह जानने का अधिकार ही नहीं है। चले जाओ।" यह सुनकर गिरी उदास हुआ। रंगप्पा को मेरे रहस्य का पता चल गया है, वह मेरे साथ शामिल होने के बजाए बकरी के समान जाकर मुख्यमंत्री के पांव में गिर गया है, यह देखकर उसे दुख भी हुआ।

गिरी जब घर आया तो उसके मन का कोलाहल बढ़ गया था। रहस्य की बात जब खुल जाती है तो वह सब दलों में संक्रामक रोग के रूप में फैल जाता है। फिर मुझे कोई भी, पास भी आने नहीं देगा। मेरे स्पर्श से भी दूर भागेगा। इतना ही नहीं, मुझे जीने भी नहीं देगा। सभी ने मुझसे किसी-न-किसी रूप में हिंसा और अपमान झेला है। इतने दिनों तक मेरी शक्ति का रहस्य उनको मालूम नहीं था और उन्होंने विवश होकर हार मान

ली थी और मेरे आगे की जमीन चाट दी थी मगर अब ? अब ऐसा नहीं होगा, मेरी लापरवाही से अपनी शक्ति का रहस्य नीलाम हो गया है। अब मुझे जो भी देखेगा, उसका सीना जलेगा। मुख्यमंत्री ही खुद मुझे व्यवस्थित रूप से खत्म करने की योजना तैयार कर रहा है, यह बात निश्चित रूप से जानने के बाद...

"गलती मेरी ही है, मेरे पास अपनी गलती के लिए दुखी होने के सिवा दूसरा मार्ग ही नहीं है। अचानक मैंने ही पते की बात कह दी। उस चालाक रंगप्पा ने एक धागा पकड़कर मेरे रहस्य की बात पकड़ ली।" गिरी ने लंबी सांस ली। उसके शरीर से पसीना बह रहा था। सारी शक्ति रिस-रिस कर बह गई, ऐसी हालत हो गई।

जो वर पाकर गर्वित होते है।, उनकी किस्मत ही ऐसी हो जाती है, यह जानकर दुख हुआ। यह गिरी जिसे भगवान् की कृपा से एक अंपूर्व शक्ति मिली थी, उसे उसने एक भी भले काम के लिए इस्तेमाल नहीं किया। सिर्फ नाम और पैसे के लिए ही उस शक्ति से भरपूर लाभ उठाया। राजनीति में कोलाहल मचाया। अपने विरोधियों की जीभ काट ली। ऐसी धूमधाम मचाई कि उसके आगे कोई नहीं है। मगर अब...!

"इसलिए तो...मुझे घर से बाहर आने-जाने से डर लगता है" गिरी की बातें ऐसी थीं कि वह मृत्यु के समीप जा रहा है, "मैंने ही जिसे मुख्यमंत्री बनाया, वह महादुष्ट है। वह मुझे खत्म करे बिना नहीं छोड़ेगा।"

गिरी ऐसा कह रहा था कि उसे सनक लगी हो, उसकी बात सुनकर मुझे दुख हुआ।

"देखो, तुम इस तरह मौत से डरकर कितने दिनों तक जीओगे?" धीरे से कहा।

मालूम नहीं।"

"अब तुमने मुझे ही क्यों बुलाया? मैं तुम्हारी सहायता कैसे कर पाऊंगा, तुम मुझसे क्या आशा करते हो?"

"बताता हूं" गिरी ने जोर से सांस ली और हां, "मेरा मरना निश्चित है तो दूसरों को शांति से जीने देना नहीं चाहिए, यही मेरी इच्छा है।"

"क्या कर सकते हो तुम?"

"कुछ भी..." उसने उस दर्द में भी मुस्कान भरी, "यहां के सभी राजनेताओं के बारे में मैंने फाइल तैयार करके रखी है। उसे हाईकमान के

हाथ में सौंप दिया जाए तो...."

"कौन.....?"

"तुम...."

"मैं...! पल भर के लिए मेरे प्राण भी तड़प उठे। इस निरर्थक राजनीति में मेरे लिए बिना कारण फंसकर दुख उठाने की नौबत आ गई तो.... मैं डर गया।

"देखो, सब फाइल यहां है" गिरी ने एक सूटकेस खींचा। उसे खोलकर दिखाया और फिर बंद करके कहा, "तुम तो राजनीति के लिए नए हो। तुम पर किसी को भी शक नहीं होगा। सिर्फ तुम ही मेरी मदद कर सकते हो।"

गिरी की आँखों में दीनता के भाव भर आए, मैंने सिर झुका लिया।

शाम का समय था।

गिरी ने न जाने क्या-क्या कहकर मुझमें उत्साह भरा था, मगर मुझे अपने ऊपर ही विश्वास नहीं था। यह किसी तरह सफल होगा या क्या मुझे भी मौत का सामना करना होगा-इसी चिंता से सिर फटता जा रहा था। तभी कोई आवाज हुई। घबराते, कांपते सिर उठाया। चार गुंडे जिन्होंने चेहरे पर नकाब डाल ली थी, कमरे में घुस आए थे। उनके चाल-चलन से पता चला कि ये गुंडे पेशेवर खूनी हैं।

मेरा गला सूख गया था। गिरी ने 'हां!' कहते हुए मुंह खोला तो उन्होंने कोई गांठ उसके मुंह में ठूंस दी। उसके दोनों हाथों को खींचा और उन्हें खिड़की से रस्सी की सहायता से बांध दिया, जो विरूरुद्ध दिशा में थी। एक ने सूटकेस उठा लिया। मेरे हरकत करने पर दूसरा मेरी तरफ जल्दी से आया। उसके हाथ में चमकती नुकीली तलवार थी, "चुप-चाप बैठ जाओ। मुंह खोला तो तुम्हारी भी यही गति होगी" उसकी धमकी से मेरा खून जम गया। अगले ही पल में गिरी के दोनों हाथ तलवार के शिकार हो गए थे। दूसरे ही क्षण वे सब गायब हो गए।

मेरा सिर चकरा गया। गिरी के कंधों से रक्त की धारा बह रही थी, मुझसे देखा न गया, मैंने आँखें बंद कर लीं। गिरी दर्द से कराहा, फिर जमीन पर लुढ़क गया था।

फिर मेरी अकल पर ग्रहण पड़ गया । मैंने अपनी आँखों से यह अत्याचार देखा था, मगर फिर भी, मेरी नाड़ियाँ नहीं फटीं थी, खून नहीं खौला था। जो भयानक हादसा घटा था, उसके लिए मैं एक ही गवाह था।

वे बाहें जो गिरी के अट्टहास के लिए मदद करती थीं, अब मानों शांत होकर खिड़की से लटककर बेजान हो गई थी।

□□□

भीतर-बाहरवाला

शर्मा जब घर आया तो पत्नी रोज की तरह नहीं दिख रही थी। यह देखकर उसे आश्चर्य हुआ। वह एक अनोखेपन से रहती थी। उसकी व्यग्रता, उसका आलसीपन-कुल में उसकी शोचनीयता देखकर उसमें प्रेरणा का संचार ही नहीं होता था। लेकिन आज की कहानी दूसरी है, उसे भ्रम हुआ और वह पत्नी के चेहरे को ही देखता रहा। उसमें आज जो फुर्तीलापन था, उसे देखे कई बरस बीत गए थे मगर आज फिर अपनी कामनाओं को स्वर देने तैयार हुई, यह देखकर शर्मा को तसल्ली हुई। उसकी आँखों में शांति है। चेहरे पर मुस्कान है, तन में नया यौवन उभर आया है। वाह! पत्नी कितनी फ्रेश दिखाई दे रही है, उसमें अंदर से उत्साह की कोंपले फूट पड़ी। उसे देखते ही पत्नी मादक मुस्कान लेती हुई नागिन की तरह उसके आस-पास घूमने लगी तो वह खुशी से पूछ बैठा, "क्यों? आज क्यों इतनी खुशी में हो?" पत्नी इठलाती हुई धीरे-धीरे हँसती हुई बोली, "आज.... आज..." वह और शर्माने लगी तो ऑफिस की सारी थकावट के बावजूद उसका जोश भड़क उठा। उसकी रग-रग में कामना जाग उठी।

"बहुत दिनों के बाद आप दोपहर में आए थे न।" पत्नी की आँखों में बड़ी तृप्ति थी। सुख उसके शरीर से छलक रहा था। इसे देखकर शर्मा चिंतित हुआ। वह क्या कह रही है, तुरन्त उसकी समझ मे नहीं आया।

"दोपहर में कब आया था। सुबह ऑफिस गया था और अभी-अभी तो आ रहा हूँ।" उसने बुद्धु के समान कहा। उसका स्वर काँप रहा था। उसे अपना ही स्वर अपरिचित लगा।

"लगभग दो बजे" उसके बोलते वक्त शर्मा ने धैर्य से बैठकर सुना, "स्कूटर की आवाज से मेरी नींद खुल गई, मैं तब सो रही थी। दरवाजा खोला। आप आए थे.." पलभर के लिए वह चकित होकर बैठ गया। पत्नी की बात पर किस प्रकार प्रतिक्रिया व्यक्त करें, समझ नहीं पाया। फिर उसमें असहिष्णुता जाग गई। "सच कह रही हो?" वह उद्विग्रता से चीखा, "मैं तो ऑफिस में ही था। सचमुच घर नहीं आया था।" पति बेवकूफ के समान

चीखा था, उसे देखकर उसने भी हठ से कहा, "आप ही थे, आप ही... साक्षात् आप"। पति के मन में व्यग्रता बढ़ती जा रही थी, उससे अनजान होकर उसने फिर स्फूर्ति से कहा, "आपको तो कितनी जल्दी थी, ऐसे कि पत्नी को कभी देखा ही नहीं... मुझे बेडरूम तक धकेलकर ही चले गए...."। उसने दोनों हाथों को पीछे लेकर कलेजे को आगे किया और आँखें बंद कर ली। उसके होंठों पर कैसी तृप्ति थी।

शर्मा उसका अनुभव सुन रहा था और बैठा था, अब तन कर बैठ गया। उसके हिसाब से सब कुछ बर्बाद हो गया था, लेकिन पत्नी बिना पछताए कहती ही जा रही है। वह आग बबूला हो गया। पत्नी जिस ढंग से बैठी थी, अगर दूसरा समय होता तो उसे चंचल करने में मदद करती थी। मगर अब गरमी शांत होकर खून जम गया था।

शर्मा ने लम्बी सांस छोड़ी और पत्नी की ओर देखा। वह जिस चरमसीमा पर पहुंची होगी-उसी नशे में सुख से कराह रही थी। अपमान और क्रोध से शर्मा के जबड़े कस गए। उसने तुरन्त उसके शरीर को बड़ी निर्दयता से हिला-डुलाकर कहा, "क्या, तुम्हें होश है? तुम क्या बता रही हो, मालूम है तुम्हें?" जैसे-जैसे उसका भय बढ़ता गया, वैसे-वैसे पत्नी ने हँसते हुए उसके हाथों को बड़े प्यार से सहलाते हुए फिर कहा, "आप ही थे...आप ही दोपहर में आए थे क्यों इतनी जल्दी भूल गए?" शर्मा फिर हताश हुआ।

उसे पहले ही पता था कि उसकी पत्नी उतनी अक्लमंद नहीं है। मगर बुजुर्गों ने कहा था, "लड़की शक्कर के पुतले के समान है। तुम जिससे भी ब्याह करोगे, वह आखिर करती ही क्या है? तुम्हारे बच्चे की माँ तो बनेगी ही, यही है न? उस काम को यही अच्छी तरह निभाएगी।" यही बार-बार सुनकर उसे भी कुछ नहीं सूझ रहा था। उसके दिमाग में धुंधलापन छा गया था। उसे लगा कि वह इन सब बुजुर्गों से पार नहीं पा सकती।

फिर उसके साथ आठ बरस की गृहस्थी सुचारु रूप से चली आई थी। उस दिन से आज तक उसे लगा था कि उसकी पत्नी बहुत ही आम औरत है, बच्चों को जन्म देने के लिए मजबूत है; यह सच हैं लेकिन जो दो बच्चे पैदा हुए थे, वे दोनों बेटियां थीं, इससे उस पर उसे कुछ रोष उमड़ने लगा था। "तुम एक बेटे को जन्म नहीं दे सकी। थत्! तेरे जन्म पर आग पड़े!" उसने गालियाँ भी दी थी। बात-बात पर व्यंग्य चलाकर अपना क्रोध शांत

कर लेता था। फिर भविष्य में बेटी ही जन्म लेगी तो?-इस बात से डरकर वह पत्नी से दूर रहता था। ऑफिस में उसके साथी मजाक कर रहे थे कि जो आदमी बेटे को जन्म नहीं दे सकता है, वह मर्द ही नहीं है, तब उसे इतना क्रोध आता था कि पत्नी का खून कर डालूँ। उसकी गलती के लिए उसे-निरपराध होकर भी बातें सुननी पड़ती हैं, यह सोचकर दाँत पीसता था।

शर्मा उठकर अंदर गया और पानी पीकर आया। दोपहर को वास्तव में हुआ क्या है? यह सवाल अब उसके सामने भूत बनकर खड़ा था। वह तो दोपहर घर नहीं आया था। अगर कोई आया था तो वह अपने जैसा हो ही नहीं सकता। तो पत्नी की समझ में क्यों नहीं आया कि वह दूसरा है? पत्नी में इतनी अकल नहीं है, यह बात दिमाग में आते ही शर्मा और ज्यादा घबराया।

उसने उसके चेहरे को अपनी ओर घुमाकर पूछा, "देखों, खूब सोचकर बताओ, कौन आया था? क्या पड़ोस वाला था? रिश्तेदार था...?" उसने ये सवाल बड़ी शांति से पूछे, तो भी पत्नी का एक ही उत्तर था, "कैसी बातें कर रहे हैं। मुझे क्या उतनी अक्ल नहीं है? आने वाला दूसरा कोई नहीं आप ही थे-क्यों, आप दोपहर को आए थे, यह बात भूल गए?" पत्नी ने उसी से सवाल किया तो शर्मा क्रोध से तमतमा उठा... "तेरा सर...." वह उठकर गरज पड़ा, "मैं तब से कह रहा हूं कि मैं आया ही नहीं था। तुम्हें तो समझ में ही नहीं आ रहा है-तुम्हारे माथे में गोबर भरा है?" पति बिना कारण नाराज हो रहे हैं, यह देखकर उसे रुलाई आ गई... "मैंने कौन-सी गलती की है जो आप इस तरह मुझे गालियाँ दे रहे हैं..." पत्नी के आंसू बहे जा रहे थे। यह देखकर असहाय होकर माथा पकड़कर बैठ गया।

आखिर सर्वनाश हो गया, यह सोचकर उसे धक्का लगा। पत्नी बेवकूफ है या अबोध है, यह जान भी न सका। कायर के समान घर से बाहर चला गया।

सिर बहुत भारी हो रहा था। स्कूल के मैदान में हवा लेने के लिए बैठ गया तो भी कुछ आराम महसूस नहीं हुआ। ऐसे मौके पर पति क्या कर सकता है, यह सवाल उठ खड़ा हुआ। पागल हो सकता है? आत्महत्या कर सकता है? अगले ही पल सिर ने झटका खाया। मौत की सोच अप्रिय लगी। मरने पर क्या साधना होगी? अगर पत्नी की हत्या करूं या मैं ही मरूं तो वह अपनी दुर्बलता का प्रदर्शन ही होगा, और कुछ नहीं होगा।

फिर यकायक लगा कि मैंने तो इतना दर्द उठाया, मगर दोपहर को पत्नी के पास आकर उसे बहलाने वाला दुष्ट वैसा ही बच निकला है न? यह बात याद आते ही उसे क्रोध आ गया। उसे वैसे ही छोड़ा जा सकता है? वह बदमाश कौन होगा? उसने अपने दिमाग पर जोर दिया और सारे चेहरों को याद करने का प्रयास किया। मगर कोई भी ऐसा नहीं सूझा जिस पर संदेह किया जाए। मगर वह जो भी है, बहुत चालाक। उसे पता है कि वह दोपहर घर नहीं आता...और फिर उसे उसकी सोच उसे ही स्वीकृत नहीं हुई...चाहे कितनी और कैसी भी पगली हो, तो भी वह पति और परपुरुष के बीच अंतर पहचान सकती? रात में लाईट चली गई थी, कुछ अनहोनी घटना हो, ऐसी बात भी नहीं है। दिन का वक्त पत्नी ने दरवाजा खोला है, देखा है-बातचीत की है-आने वाला पति ही है, इसकी पहचान भी की है....सोचते-सोचते उसे कुछ भी समझ में नहीं आया। अब उसे शंका होने लगी थी कि जादू-टोना या वशीकरण विद्या का प्रभाव पत्नी पर हुआ है। शर्मा ने निश्चय कर लिया कि किसी भी तरह अगले दो-तीन दिनों में उस पापी को पकड़ना ही चाहिए। वह उठ खड़ा हुआ।

पूरे दो दिनों तक आगन्तुक की घात में शर्मा घर में ही बैठा रहा, मगर वह बदमाश आया ही नहीं।

अब शर्मा में फिर कोलाहल उत्पन्न हुआ। जिज्ञासा हुई कि पत्नी की बातों को माने या न माने? धीरे-धीरे इस बात पर उतरा कि पत्नी ने जो कुछ कहा है, सब बेबुनियाद है। शायद उसने एक बढ़िया स्वप्न देखा है और उसे ही उसने सच मान लिया है। हां, हां ऐसा ही हुआ है, यह सोचकर उसे एक प्रकार की तसल्ली हुई। पत्नी की बातें भ्रम हैं....

मगर अगले दिन जब वह ऑफिस से घर आया तो पत्नी ने मुस्कुराते हुए कहा, "आपने कहा था कि नहीं आऊँगा, नहीं आऊँगा, मगर आज आप खुद फिर से आए थे न?" शर्मा ने फिर से ये बात सुनी तो जैसे आसमान उस पर गिर पड़ा। उसे फिर कुछ नहीं सूझा। साँसें छोड़ते हुए वहीं बैठ गया। उसे लगा कि यह मामला इतना आसान नहीं है जितना उसने समझा है।

अगले दिन वह ऑफिस में काम नहीं कर सका और दोपहर एक बजे स्कूटर से तुरन्त ही घर पहुंचा। पत्नी ने दरवाजा खोला और प्यार से कहा, "ऐसे दोपहर को आते हैं और शाम को कहते हैं कि मैं दोपहर घर आया

ही नहीं था।" शर्मा ने उसकी बातों पर ध्यान नहीं दिया। इंतजार करते बैठ गया, मगर कोई फायदा नहीं हुआ। व्यग्र होने की कोई भी बात नहीं घटी।

दिन पर दिन बीतते गए। घर में जब मैं नहीं रहता तब कोई मौके का फायदा उठाकर घर में आया करता है, यह बात पक्की हो गई। वह सिर पकड़कर बैठ गया और अपने भाग्य को कोसने लगा। उसकी जिंदगी से सरसता ही चली गई। मैंने इतनी सावधानी से उस बदमाश को ढूँढनें की कोशिश की, मगर वह हाथ नहीं लगा-इसी व्यग्रता के साथ अपनी योग्यता पर भी संदेह हुआ। अफ़सोस हुआ कि पुलिस को पहले ही खबर देनी चाहिए थी। फिर अगले ही पल लगा था कि उसके सोचने का ढंग ठीक नहीं था।

शर्मा अंदर-ही-अंदर घुटता जा रहा था, नाराज होता था। कई तरह की व्यग्रता उसे सता रही थी-मैं ही आत्महत्या कर लूँ या पत्नी की हत्या कर डालूँ या तलाक दे दूँ? फिर उसकी आंखें खुल जाती थी कि सब उचित नहीं है।

अचानक उसे एक और भयानक कल्पना कौंध जाती थी और वह लगातार चिंता से व्यग्र हो जाता। इधर वह अपराधी की खोज के लिए लड़ रहा है और उधर पत्नी गर्भिणी हो गई तो क्या किया जाए? फिर उस बच्चे का बाप भी उसे ही कहलाना पड़ेगा, भविष्य में जीवन भर उसकी असफलता की ओर उंगली दिखाने का यह तरीका हो जाएगा।

अब पत्नी की निंदा करने से कोई फायदा नहीं था। उसे मालूम भी था कि वह सचमुच वैसी स्त्री नहीं है। यह संभव नहीं है कि वह उस बदमाश पर अपनी सुधबुध खो बैठे। यही कहना उचित है कि वह धोखा खा गई है। वह सभी से अकलमंद के रूप में प्रशंसित है और उसने इतना सब कुछ किया है, मगर वह बदमाश उसके हाथ नहीं पड़ रहा है। तो उसमें पत्नी का भी क्या दोष है? शर्मा बेचैन हो उठा कि मैंने कोई भूल नहीं की तो भी मैं कितनी मुश्किल में पड़ गया । किराए का घर हो तो उसे छोड़कर दूसरे घर जाया जा सकता था। ससुर ने विवाह के अवसर पर यह आलीशान मकान बनाकर दिया था। ससुर पूछेंगे कि घर को क्यों छोड़ रहे हो तो क्या कहूँगा? क्या वे नाराज होंगे? और खुद के घर को छोड़ने के लिए पत्नी को मनाना भी मुश्किल है। दूसरे शहर में तबादला भी नहीं कराया जा सकता। ससुर की पहुँच मिनिस्टरों तक है। कोई भी राह नहीं, सभी उपायों पर

अड़चनें। अगर स्वास्थ्य सुधारने के नाम पर अन्य जगह पर जाऊँ तो भी हंसी का पात्र बन जाऊंगा।

इस सोच के दौरान शर्मा को आभास होने लगा कि इसमें मेरी भी गलती शायद होगी। दो बेटियों के बाद तीसरी संतान भी बेटी ही हो जाएगी, यह डर ही इस सब के मूल में है। पत्नी के मन की हालत के बारे में उसने कभी सोचा भी नहीं। शायद उसके मन में बेटे को जन्म देने की चाह और यकीन हो। मगर मुझे डर है और इसलिए टेंपरेरी व्यवस्था की है, शायद यही उसकी चिंता का कारण हो। इस बीच कोई बदमाश आसानी से अपने घर में प्रविष्ट कर गया। उसके मन की हालात बहुत अजीब हो गई, ऐसे मौके पर फिर बेटे को जन्म देने की उमंग में उसे शायद लगा हो कि आने वाला पति ही है।

इस सोच के साथ ही उसे लगा कि अंधकार में रोशनी की एक रेखा उसे मिल गई है, शर्मा कुछ स्वस्थ हुआ। उठकर घर की ओर चल पड़ा। हां, यह भी मोका है। पत्नी जो कुछ आशा करती है, उसे पूरा करने का सुअवसर। इससे उसे बचाना नहीं चाहिए, चाहे बेटी ही क्यों न पैदा हो।

अगर पत्नी फिर गर्भवती हो गई तो शायद उस बदमाश के उपद्रव से शाश्वत रूप से मुक्ति मिल जाएगी। फिर वह उसके लिए दरवाजा खोलेगी?

घर जाने से पहले शर्मा चमेली का हार ले जाना नहीं भूला। 'मुझे और एक बच्चा चाहिए'। उसकी इस बात से पत्नी खुशी से खिल उठी, उसकी रग-रग में नई कांति छा गई। सारा दिन वह उसे नववधु के समान ही लगी।

तीन महीने कैसे बीत गए, इसका पता ही नहीं लगा। उसे इससे शांति मिली कि एक दिन भी पत्नी ने भूल से भी नहीं पूछा कि दोपहर को आप आए थे, उसकी पत्नी गर्भवती हो गई थी।

दिन पर दिन बीतते गए और एक दिन पत्नी को जोर का दर्द शुरू हुआ। शर्मा ने अपने परिचित नार्सिंग होम में उसे भर्ती कर दिया और बाहर इंतजार करते बैठ गया। अचानक फिर उसके अंदर व्यग्रता जाग गई। अगर यह पिंड उस बदमाश का ही हुआ तो? इस बच्चे को मैं कैसे अपना सकूंगा?

बड़ी देर के बाद किसी ने उसे पुकारा। शर्मा वास्तविक जगत में लौट आया। आँखें मलकर देखा तो साम्मने परिचित नर्स हंसती हुई खड़ी थी, "बधाई हो, आपको बेटा हुआ है", उसने कहा। शर्मा अभी सही रूप से

होश में नहीं आया था। नर्स ने आगे कहा, "बच्चा बड़ा सुन्दर है, नाक-मुंह सब आपके जैसा है। शर्मा तुरन्त खिल उठा। उसे आश्वस्ति का अनुभव हुआ। इच्छा हुई कि पक्षी के समान आकाश में उड़ूं। निश्चिंतता से अपने सारे संदेहों को, चिंताओं को झाड़कर फेंक दिया। नर्स को धन्यवाद कहा। जेब से सौ का एक नोट निकालकर खुशी से उसे दिया और जोर से हंस दिया।

□□□

अतीतजीवी

"इन कुर्सियों पर जो धूल जमी है और इसे जिन लोगों को साफ करना था, उन्होंने साफ नहीं किया है। अगर आप खुद धूल साफ करके बैठेंगे तो यह ट्रेजेडी होगी और अगर उसी धूल पर बैठेंगे तो वह कॉमेडी होगी"। नजदीक से परिचित आवाज सुनाई पड़ी तो रोमांच हो आया। उस बात में जो मौन-वेदना थी, उसे पहचानने से पहले ही चेहरे पर खुशी की लहर दौड़ गई। जी हां, वही कद, काली कोट, धोती, कंधे पर थैला, टोपी, छाता और काला आदमी! जी हां, संदेह ही नहीं। उधर खड़े होकर किसी से जो बातें कर रहे हैं, वे तो सचमुच मास्टर सालीमठजी ही हैं।

मगर तब मन में कोलाहल हुआ, यह सच है। अनुमान जो था, उनसे बात करने के लिए मुझे आगे बढ़ने नहीं दिया। एक वर्ष पहले जिस व्यक्ति की मौत हो गई थी, अब वह यकायक सामने खड़ा है, यह कैसे हो सकता है?

उस दिन मेरे बेटे का ऑपरेशन था, उसके कारण और पैसे की कमी के कारण मैं तो उलझन में ही पड़ गया था। इसलिए मास्टरजी के श्राद्ध में न जा सका था। फिर एक दिन उनके बेटे बंसप्पा से बातें करने खुद गया तो उसने नीरस आवाज में कहा था, "पिताजी मर गए, यह अच्छा हुआ। उस नीरसता के पीछे जो आक्रोश था, समझ में आता था। मास्टरजी आजादी के सेनानी थे, सरकार से उन्होंने कोई भी सुविधा नहीं ली और मुझे ऐसी गरीबी में जीने दिया, यह बसप्पा के लिए दुख की बात थी, यह सोचकर मुझे कुछ-कुछ बुरा लगा, क्योंकि मुझे मास्टरजी पर गर्व था।

उसके बाद जो मर गए, उनके लिए क्या किया जा सकता है, इस लौकिकता से मैं अपने सुख-दुख में फिर रम गया। मास्टरजी की मौत से मुझे कोई विशेष आघात नहीं पहुंचा था। मगर अब, साल के बाद से ये सालीमठजी हैं या उनके जैसे दिखने वाले दूसरे सज्जन हैं, यह जानने के लिए लिए मैंने अलग-अलग पहलुओं से देखा, मगर मैं इस नतीजे पर पहुंच नहीं सका कि ये मास्टरजी नहीं है। मगर संदेह गाढ़ा होता गया-'तो मरने

वाले कौन थे? बसप्पा और दूसरे लोगों ने उस मौत .पर कैसा विश्वास किया? अब मास्टरजी कहां से आ धमके? इतने दिनों तक कहां रहें? ये रहस्य की बातें मेरा सिर दुखाने लगीं। उसी समय अचानक उन्होंने मुझे देखा। उनका मुखड़ा खिल गया, चेहरे पर हंसी। मैं उठ खड़ा हुआ।

"अरे, तुम यहां हो?" वे नजदीक आए और उन्होंने अपने दोनों हाथों से मुझे गले लगा लिया। हथेलियों से मेरा चेहरा घूमा कर मुझे प्यार से देखा। मुझे देखकर उनको बहुत खुशी हुई थी। सालीमठजी मेरे पिताजी के साथी थे, उन्होंने मुझे कई वर्षों तक पढ़ाया भी था। उनका प्यार, क्रोध सब कुछ मैंने झेला था।

मास्टरजी ने अभी मेरा हाथ पकड़ लिया था, "आओ, चाय पिएंगे" मैं उनकी बात टाल नहीं सका। मगर...इधर-उधर देखा। मैदान में जो कुर्सियां थीं, सभी पर लोग बैठे हुए थे, जगह न होने पर इधर-उधर काफी लोग खड़े भी थे। स्कूल के लड़के-लड़कियां ड्रेस पहने हुए कवायद करने को तैयार खड़े हैं। अब सिर्फ ध्वज का फहराना बाकी है। मगर अभी तक अतिथि महोदय का आगमन नहीं हुआ है।

" अब चाय नहीं, सर। अब हम अगर उठकर चले गए तो कुर्सी खोनी पड़ेगी।"

"क्या तुम्हें भी कुर्सी की चाहत है?" मास्टरजी ने विस्मय से मुझे देखा और हंस दिए। उसमें जो व्यंग्य था, उससे मेरा तन-मन हिल गया। मगर मास्टरजी ने शांति से मेरे कंधे पर हाथ रखकर कहा, "क्या खड़े होकर ध्वजारोहण के लिए जी नहीं मानता? चल...चल..." उनके इस आग्रह को मैं टाल नहीं सका।

चाय पीते समय मन में मंथन शुरू हुआ कि इनकी मौत के पीछे जो बात हुई थी, उसका रहस्य क्या था? जिन लोगों को यह लगा था कि मास्टरजी के जीते रहने का कोई प्रयोजन नहीं, उनके लिए मास्टरजी की मृत्यु से कोई लाभ भी है, यह भी नहीं लगा। मगर जो जिंदा थे, उन्हें मरवाकर भगवान के चरणों में धकेल दिया था, यह विचार मुझे आश्चर्य में डाल रहा था।

मास्टरजी सामने बैठ कर चाय पी रहे थे, मैं उन्हें ही देख रहा था। मास्टरजी जो इतने हट्टे-कट्टे थे और सौ साल तक जी सकते थे, ऐसे आदमी को शक में जीना पड़ा है, यह क़ैसी अजीब बात थी।

"आप अपने गांव से आ रहे हैं, क्या?" मैंने बात ऐसी छेड़ी कि उन्हें मेरी जासूसी का पता न चले, सावधानी बरती। बेचारे, उन्होंने भी कोई शक नहीं किया, "देखों बेटा, मुझ जैसे आदमी को कोई भी पकड़कर बांध नहीं सकता। फिर मैं कहां रहूं? इससे क्या फर्क पड़ता है यह देश ही मेरा है।" उनकी बात पर मैंने सिर हिलाया, जी हां मास्टरजी, बड़े बुद्धिमान है। मैंने फिर से सिर झुका लिया। मैं समझ नहीं सका कि मास्टरजी ने यह बात सहज ही कही या बिना इच्छा से कहा, यह मैं सोच नहीं सका।

"तो चलिए, ध्वजारोहण के बाद घर की ओर चलेंगे"। मैं उठ खड़ा हुआ। वे भी मेरे पीछे-पीछे चलने लगे।

रेलवे लाइन पार कर लेने से घर जल्दी पहुंचा जा सकता है। मगर इधर हर साल दो-तीन रेलवे इंजिन के शिकार होते हैं, इसका असर मन पर पड़ता रहता है, इसलिए देरी होने की चिंता छोड़कर मैं अंडर ब्रिज से जाने लगा था।

"क्यों, दूसरे रास्ते से जा रहे हो? रेलवे लाइन पार करके ही जाएंगे, चलो" मास्टरजी ने आग्रह किया तो मैं उनके पीछे-पीछे चलने लगा।

पटरियों के बीचों-बीच मालगाड़ी खड़ी थी। मैं निरुपाय हो, खड़े-खड़े देखता रहा। इस छोर से उस छोर तक-वह अजगर के समान भयानक लगी। और कितने समय तक इंतजार करना पड़ेगा? मैं उदास हो गया। तभी मास्टरजी ने मेरी पीठ पर हाथ फेरते हुए कहा, "क्यों खड़े हो गए?" और उन्होंने गाड़ी के नीचे से घुसने की चेष्टा की। मैं घबरा गया, "सर, जरा रुकिए। गाड़ी चलने लगी तो?..." मगर उन्होंने मेरी बात की ओर ध्यान ही नहीं दिया और बगल में छाता दबाकर रेल के डिब्बे के नीचे घुस ही गए। तभी मालगाड़ी सरकने लगी! "सर..सर...." मैंने उन्हें पुकारा। खड़े-खड़े छटपटाया। आगे जाने की कोशिश की। मगर पैरों में शक्ति ही नहीं थीं। सिर में चक्कर आने लगे। सामने जो घटने वाला था, उसे देखने का साहस नहीं हुआ और मैंने आंखें बंद कर लीं।

अब मालगाड़ी की रफ्तार बढ़ गई थी।

मेरी आंखों के आगे धुंधलापन छा गया, जो कुछ घटा था, उसके लिए अनिवार्य रूप से सबूत बनाने के लिए मन को तैयार करते हुए और डरते हुए उधर देखा। मास्टरजी नहीं दिखाई पड़े। आँखें मलते हुए बड़ी-बड़ी आँखों से मैं उनके शव को ढूँढने लगा। मगर पटरियों पर कोई कुछ भी तो

नहीं था। तो शायद रेल उन्हें घसीटते हुए अपने साथ ही ले गई होगी?

"बूढ़ा बड़ा भयानक आदमी है" पास में खड़े व्यक्ति ने कहा। मैं आश्चर्य से उसे ही देखने लगा। मैं उससे बातें करता, इससे पहले ही उसने कहा, "वे तो चले गए।" 'आपका मतलब क्या है?' पूछने की इच्छा हुई, मगर उसने चेहरा उठाकर लंबी सांस नहीं छोड़ी थी, हाथ उठाकर आकाश की ओर इशारा भी नहीं किया था, यह देखकर कुछ तसल्ली हुई।

मालगाड़ी चली गई। सामने जो था, स्पष्ट हुआ। पटरी के पार उधर कुछ दूरी पर मास्टरजी अकेले खड़े थे।

मैं पसीना पोछने लगा। उनकी इतनी उम्र हो गई है, फिर भी, मास्टरजी ने नटखटपन छोड़ा ही नहीं है, सोचकर मन उदास हो गया। आगे बढ़ने की प्रवृत्ति तो अच्छी ही है, मगर इस प्रकार आगे बढ़कर कुछ उलटा हो गया तो वह पाप मुझे ही लगेगा। अपनी मूर्खता से वे तो चले जाएंगे, मगर पीछे किसको झेलना पड़ता है? फिर मास्टरजी उपदेश भी नहीं सुनने वाले हैं, उन्हें जो कुछ ठीक लगता है, वही कर डालते हैं।

उनके साथ मैं फिर जाने लगा तो याद आया कि घर में बीवी नहीं है मुझे दुख हुआ। मैं जितना उसके प्रति उदार बनता था, वह उतना ही मुझ पर अधिकार चलाएगी। उस दिन तो उसने नाराजगी जाहिर की थी, "हमारे घर में फ्रिज भी नहीं है, हम ऐसे गरीब है।" और वह अपने भाई के घर चली गई थी। मैं अकेला होता तो चावल खाकर रह जाता। मगर मास्टरजी के लिए तो अच्छा भोजन होना चाहिए। नहीं तो वे यों ही चले जाने वाले थे, मैंने ही उन्हें बुलाया है, यह मेरी ही मूर्खता है। मैं खुद को गालियां बकते हुए रसोई घर में पहुंचा तो वहां खाना तैयार था। मैं पत्नी की होशियारी पर खुश हुआ और मन में उसकी प्रशंसा करने लगा था।

मास्टरजी हाथ-पांव धोकर आए, तब-तक मैंने थाली लगा दी थी। उनके साथ मैं भी बैठ गया और खाना परोसने लगा, "आज आप यहीं रह जाइए", बात मुंह से निकल ही पड़ी।

"देखूंगा, मुझे तो सड़क के किनारे जो पेड़ हैं, उनकी छाया और तुम्हारा घर दोनों एक ही जैसे लगते हैं। मुझे तो सब अच्छा लगता है। शाम के वक्त फिर मिलेंगे।

उनकी बात से कुछ ढ़ाढ़स हुआ। मगर वे अपनी इस उम्र में भी दूसरों की तकलीफ में हाथ बंटा रहे हैं, अन्याय के खिलाफ चुप बैठते भी नहीं

हैं, उनकी इस कर्मठता को देख मुझे खुशी भी हुई।

मास्टरजी खाना खा रहे थे, तभी इच्छा हुई कि उनसे और सवाल करूं, इसलिए पूछ बैठा, "सर, आपने अपने लिए कुछ भी क्यों नहीं किया?"

"भगवान ने मेरे लिए क्या कमी छोड़ी है?"

मगर उनकी यह बात मुझे ठीक नहीं लगी।

"सर, यह बात नहीं है...आपने जायदाद....कुछ भी जमा नहीं की.... मगर दूसरों को तो देखिए...."

तभी मास्टरजी का हाथ जो रोटी का कौर पकड़े हुए था, वहीं-का-वहीं रुक गया। उन्होंने मुझे गौर से देखा मानों वे मेरा मन टटोल रहे हो, "तुम भी हमारे बसप्पा के समान बातें करने लगे हो।" उनकी यह बात मुझे चुभ गई। मास्टरजी की तो लौकिकता पर आस्था नहीं है, मगर इन पर निर्भर रहने वालों को इस तरह अपमानित करना मुझे अच्छा नहीं लगा। मगर उनसे तर्क करने वाला मैं कौन हूं? मैं चुप हो गया। मगर उन्होंने नहीं छोड़ा, "क्या तुम समझते हो कि सरकार हमें इतनी सुविधा देगी, यह सोचकर ही हमने उस दिन देश की सेवा की थी?" मास्टरजी की आवाज ऊंची हो गई, "यह है सच्ची देशसेवा, इसके लिए अब मजदूरी मांगनी है?" इस बात से मैं अवाक् रह गया।

"मेरे बेटे, कोई कुछ भी कहे, अपनी कमाई के पैसे से गुजारा करना चाहिए।"

मास्टरजी के स्वभाव का पता मुझे था, इसलिए मैंने कोई प्रतिक्रिया व्यक्त नहीं की।

मास्टरजी हाथ-मुंह धोकर आए, तब-तक मैंने बरामदे में चटाई बिछा दी थी।

"आप आराम कीजिए" इतना कहकर मैं अपने कमरे में चला गया। मुझे कुछ पढ़ना था। पंखा चलाया और आराम कुर्सी पर बैठकर पढ़ने लगा। मगर न मालूम कब मुझे नींद आ गई। कॉलबेल की आवाज सुनकर आँखें खोलीं तो शाम के साढ़े चार बजे थें रुमाल से चेहरा पोंछते हुए उठा और दरवाजा खोलकर देखा-सामने बसप्पा खड़ा था।

मुझे इतना गुस्सा आया कि उसके गालों पर तमाचा मारूं। मैंने आँखों के इशारे से ही पूछा कि क्या बात है? उसके पिताजी जिंदा है, मगर उसके प्रति तिल भर आदर नहीं है, इसका आदर-सत्कार मैं क्यों करूं?

बसप्पा थक गया था। उसने कुर्ते की बांह से अपना चेहरा पोंछा। लगता था कि उसे अब पीने का पानी चाहिए। मैंने उसे अंदर नहीं बुलाया था। इससे उसे आश्चर्य होना सहज ही था।

"पिछली बार तुम नहीं आए, "बसप्पा ने उलाहना दिया," कल पिताजी का श्राद्ध है। उनको गए एक वर्ष हो गया। तुम्हें बुलाने आया हूं।"

मैं तो दंग रह गया। बाप कितना भला था और बेटा ऐसा...।

"आओ, अंदर बैठ जाओ...." मैंने उदास मन से उसे बुलाया। अगर मास्टरजी को अब सामने लाकर खड़ा कर दूं तो यह घबराकर पेशाब कर देगा, सोचकर हंसी आई।

मगर आश्चर्य कि मैं खुद मूर्ख हो आया। घर के चक्कर काटने पर भी कहीं मास्टरजी का पता नहीं चला। मैं तो निराश हो गया। जब मुझे नींद आ गई थी, तब शायद मास्टरजी उठकर चले गए होंगे, उनकी एक विचित्रता पर दुख भी हुआ।

उस दिन शाम के वक्त जब मैं घूमने निकला तो गौडप्पा से भेंट हुई। दोनों दोस्त थे, वहीं पेड़ के नीचे बैठ गए, "तो कल तुम आओगे न!" उसके इस अचानक बुलावे का मैं अर्थ समझ नहीं सका। उसे मेरी चिंता का पता चल गया।

"मास्टरजी को गुजरे एक साल हो गया है। उसने कहा। मुझे खेद हुआ। मास्टरजी मरे नहीं है, अभी जिंदा है। यह बात इन सबको कैसे समझाएं, समझ में नहीं आया, और मैं इतना ही कह सका, वे मर गए हैं, पर आज तक मुझे विश्वास नहीं होता।

"मुझे भी ऐसा ही लगता है" गौडप्पा ने सहजता से सिर हिलाया, "मैंने भी उनके अंतिम संस्कार में भाग लिया था....तब शव उठाने के लिए भी और लोग नहीं आए थे।"

इसने किसका शव उठाया था, मुझे अचंभा हुआ।

फिर गौडप्पा ने जो कुछ कहा, उसका सारांश यह था-

मास्टरजी के घर में कहीं भी शांति नहीं थी। उनका दैनिक जीवन भी व्यवस्थित नहीं था। कहीं चले जाते तो दस-पंद्रह दिन के बाद ही घर लौटते। एक दिन खबर पहुंची कि मास्टरजी का शव ज्वार के खेत में पड़ा है, यह सुनकर बसप्पा वहां गया। लोग आपस में बातें कर रहे थे कि कोई ट्रक उन्हें धक्का मार कर चला गया है। चार दिन हो गए होंगे। अब तक

कुत्ते-गीदड़ उनके शरीर को खा गए हैं, इसलिए उनकी पहचान ही नहीं हो पा रही है।

मगर मैं तो यह मानने के लिए तैयार न था कि मास्टरजी मर गए हैं। मैंने उन्हें अपनी आँखों से जो देखा था...बसप्पा ने किसी लावारिस शव का दाह संस्कार किया होगा...मगर एक शक मेरे अंदर था। फिर क्या मास्टरजी गांव ही नहीं गए? किसी से भेंट नहीं की?

एक बात तो सच थी। लोगों के मनोभाव बदल रहे हैं, इसे मुझे दुख से कहना पड़ता है। सालीमठ-मास्टरजी ने लोगों के लिए गांव की भलाई के लिए क्या-क्या नहीं किया! कहां-कहां तक दौड़ की! अगर किसी के साथ अन्याय हो जाता तो उनकी आवाज बनकर वे खड़े हो जाते थे। सरकार के विरुद्ध लड़ाई लड़ते थे। फिर भी लोगों ने उन्हें दूर क्यों किया? रिश्वत देने से काम हो जाएगा, यह बात लोगों को कैसी लगी? मास्टरजी का संघर्ष और लड़ाई एक 'तकलीफ' है। इस तरह की बातों से लोगों के लिए क्यों उनकी हंसी उड़ाई थी? जो भी हो, मास्टरजी को भूलना लोगों के लिए आसान बात हो गई? मास्टरजी जब जिंदा थे, लोगों को कुछ नहीं लगा। वे जब मर गए तब भी लोगों ने उनको याद नहीं किया कि वे मर गए हैं, यह बात कई लोगों को पता भी न चली होगी। हाय! समय सबको कितनी तेजी से खींच ले गया है। मास्टरजी के प्रति किसी को कृतज्ञ नहीं होना है, मगर क्या यह दिखाने की आवश्यकता है कि लोग कृतघ्न हैं?

उसके बाद से मैं प्रतीक्षा करने लगा था कि बाजार में, गली में या चाय की दुकान में कहीं मास्टरजी से भेंट होगी।

एक दिन जब ऑफिस से घर चलने के लिए स्कूटर स्टार्ट किया तो उनके दर्शन हो ही गए। मैं वहीं रुक गया और उनकी ओर देखते हुए मुस्करा दिया। वे भी नजदीक आए।

"आज का काम हो गया?" उन्होंने पूछा।

"जी हां,"!

"तो चलो, चाय पीएंगे। बहुत दिनों के बाद तुमसे भेंट हुई है।"

वे मेरे कंधे पर हाथ रखकर चल रहे थें, मुझे गर्व का अनुभव हो रहा था।

डीलक्स कमरे में कोई नहीं था। यह उचित समय था, मास्टजी के बारे में जो बातें फैलीं थीं, उसे आकार देने की कोशिश की।

"सर, एक बात पूछूं?"

"एक नहीं दस पूछो"

"आपको नाराज नहीं होना है...."

"क्या तुम ऐसी बातें पूछते हो?" वे हलके से हंस पड़े।

"जी हां...." मैं भी हंस पड़ा।

"पूछो, कोई बात नहीं"

"एक साल से आपने गांव में कदम क्यों नहीं रखा हैं?"

"जाकर क्या करूं? उनके लिए तो मैं मर गया हूं।"

"उन्होंने तो ऐसा ही समझ लिया है" मास्टरजी फिर हंस पड़े, "लगता है, मेरा श्राद्ध भी कर दिया है। जाने दो, मुझे तो भूत और भविष्य में जीना भी आता है।"

उनका यह हठ मुझे अच्छा नहीं लगा।

"तो आपको वर्तमान क्यों खोना है?"

"उन्होंने तो ऐसा समझ लिया है, तो मैं क्या करूं, बोलो?" मास्टरजी ने असहाय होकर मेरे हाथ पकड़ लिए, "मैं तो जिंदा हूं, तुम्हारे जैसे कुछ लोगों के हृदय में", फिर वे आँखों से प्यार जताते हुए, कुर्सी से पीछे सरक गए और आँखें बंद कर कहा, "मैं मर जाऊं, यह कई लोग चाहते थे, उनके लिए अब मैं नहीं हूं।"

मैं तो दंग रह गया। मास्टरजी की जिंदगी ही अद्‌भुत थी। उनके लिए रिश्ते-भावनाएं कोई माने नहीं रखती थीं, यह आघात की बात थी। मगर वे कहां खाते हैं, कहां सोते हैं, इसके बारे में पूछना उद्‌दंडता की बात होगी।

'आप हमारे घर में ही रह जाइए, वहीं खाना भी खाया कीजिए' अगर मैं इस प्रकार से विनती करूं तो भी मास्टरजी मानने वाले नहीं हैं, यह मेरे अनुभव की बात थी और फिर इसके लिए मेरी बीवी भी मान ही जाएगी, यह तो मुश्किल था।

उसके बाद मैं इस निर्णय पर पहुंचा कि सालीमठ-मास्टरजी के बारे में ज्यादा सोचने की जरूरत नहीं है। मगर इसका अर्थ यह नहीं कि उनके प्रति मेरा गौरव कम हो गया। उनको जंब अपने प्रति ही चिंता नहीं है तो तब मैं कर ही क्या सकता हूं। वे तो हवा जैसे हैं, हवा कहीं भी आ-जा सकती है। मास्टरजी को उनकी इच्छा के समान जीने का अधिकार है-उनका यह अधिकार छीनना अधर्म है, इस सोच के पीछे उनकी पलायनता है, यह बात कोई कहने लगे तो इसका समर्थन करना मुश्किल था।

मुझे अन्य बातों की ओर ध्यान देना था। घर बनाना था, कार खरीदनी थी, बेटे को मेडिकल में दाखिला दिलवाना था-इन सबके लिए धन एकत्र करना जरूरी था। मैंने जैसे सोचा था, उसी दिन मेरी नई किताब छपकर आ गई। पुस्तक ऐसी सुंदर थी कि देखते ही खरीदने की इच्छा हो जाती थी। दाम भी कम रखे गये थे, ताकि उसे सभी खरीद ले।

इसमें संदेह नहीं था कि यह किताब साहित्य जगत में मुझे एक प्रमुख स्थान दिलायेगी। इसके लिए प्रमुख राजनेताओं से आश्वासन भी मिल गया था, इसकी मुझे खुशी भी थी।

तभी अचानक ही मुझे मास्टरजी की याद आ गई। पुस्तक बाजार में आये, इसके पहले ही एक प्रति उनके हाथों में रखकर उनका आशीर्वाद पाने की चाह हो गई। शिष्य की साधना देखकर उनकी आँखों से खुशी के आँसू बहने लगेंगे....

मगर उन्हें कहां ढूंढू? सभी के लिए तो वे मर गए थे और सभी उन्हें भूल भी चुके थें।

सरकार का जलसा हो, इस प्रकार पुस्तक-विमोचन के लिए कार्यक्रम की तैयारियां होने लगी। निमंत्रण-पत्र देखने लायक थे। खुद मुख्यमंत्री पुस्तक विमोचन के लिए आने वाले थे।

एक प्रति को थैली में रखकर मैं स्कूटर लेकर मास्टरजी को ढूंढने निकल पड़ा। गली-गली में घूमने लगा।

पुस्तक-विमोचन के लिए दो दिन रह गए थे। उस दिन मन अधीर हुआ। सब काम निर्धारित योजना के अनुसार ही हो जाए....मन की शांति के लिए मंदिर की ओर चल पड़ा।

मंदिर का वातावरण पवित्रता भरे हुए था। मंदिर जो पहाड़ी पर था, अब उसका नवीकरण किया गया था। कुछ भक्तगण कहते थे कि मूल विग्रह 'उद्‍भव' था। कुछ बुद्धिजीवी लोग कहते थे कि उसकी प्राण-प्रतिष्ठा की गई है। मगर भावुक लोग कहते थे कि भगवान सबकी मनोकामना पूरी करता है। भांति-भांति के लोग मंदिर में दर्शन के लिए आते हैं। उनको आकर्षित करने या सांत्वना देने के लिए भगवान रोज सोने का मुकुट और गहने पहनते हैं। भक्त लोगों के ठहरने के लिए यात्री-निवास का काम भी जोरों पर है।

मैं एक जगह स्कूटर खड़ा कर रहा था कि अचानक किसी ने मेरे कंधे

पर हाथ रख दिया। सामने मास्टरजी खड़े थे। भगवान की महिमा पर दंग रह गया।

"चलो चाय पीएंगे" मास्टरजी ने कहा।

"सर, अब नहीं, मैं तो भगवान के दर्शन के लिए आया हूं" तभी मुझे याद आया तो मैंने कहा, "मैं आपको ढूंढ़ भी रहा था।"

"क्या बात है?" उन्होंने पूछताछ की।

"कृपाकर के आशीर्वाद दें "मैंने थैले से पुस्तक निकाली और उनके हाथों में रख दी।

मास्टरजी खड़े-खड़े पुस्तक देखने लगे, पृष्ठ उलटाए, मन में कुछ पढ़ लिया और पुस्तक लौटाते हुए बोले, "तुमने ये कहानी और उपन्यास लिखना छोड़कर कब से यह धंधा शुरू कर दिया?" उनकी बातों में जो व्यंग्य था, मुझे अच्छा नहीं लगा। उनकी निष्ठुरता से मन निराश हुआ। क्या ये शिष्य की साधना से जल रहे हैं?

"यह जो मुख्यमंत्री सत्यप्रकाशराव है, उनके बारे में तुम क्या जानते हो?" उनके कहने में नाराजगी थी।

"क्यों सर, उनके बारे में सब कुछ जानने के बाद ही मैंने यह पुस्तक लिखी है" मैंने बात बनाने की कोशिश की।

"इस मुख्यमंत्री पर रिश्वत का, भ्रष्टाचार का और घोटालों का आरोप है। इसने खून भी करवाया है। यह मुकद्दमा इसे सताने लगा है। इसके बारे में तुम क्या कहते हो?"

मुझे लगा, मास्टरजी मेरी अग्निपरीक्षा ले रहे हैं। मगर मुझे अपने जीतने की उम्मीद दिखाई पड़ी।

"सर, जिनके पास सत्ता है, उनके बारे में यह सब कहना मामूली बात है। मगर मैं आपके इन सवालों का जवाब दे नहीं सकता। इसके लिए न्यायालय है, वह सफाई देता है। यहां मैंने उनका गरीब लोगों के प्रति जो सहानुभूति है, और उन गरीबों को ऊंचा उठाने की जो उनकी आस्था है, उसी का चित्रण किया है। यह तो उनकी साधना को पहचानने का काम है, बस।"

"देखो, तुझमें ईमानदारी ही नहीं है, मगर तुम अपने को मेरा शिष्य कहते हो....ऐसे नीच राजनेताओं के पैसों के लिए मुंह खोलकर खड़े हो गए हो...."

मास्टरजी अभी पुराने युग में हैं, यह सोचकर मैं निराश हुआ। इसलिए

लोगों ने इन्हें अभी पहचाना नहीं है। मैं तो उनका शिष्य हूं, मगर वे अभिमान भूल कर इस प्रकार मेरा अपमान कर रहे हैं। अगर मैं अब झुक जाऊं तो मास्टरजी पिुर मुझ पर प्रहार करेंगे, मगर मैं उनके आरोपों के लिए उचित गवाह पेश कर सकता हूं, यह विश्वास मुझमें था, इसलिए मैंने संयम से कहा, "सर, मै। तो वर्तमान पर विश्वास करता हूं, मुझे तो भूत-भविष्य में विश्वास नहीं है, जैसा आप करते हैं..."

उन्होंने एक पल के लिए मुझे रोका, उनके चेहरे पर एक मुस्कान उभर पड़ी, "ठीक है, तुम भी इस भ्रष्ट व्यवस्था में शामिल हो गए हो, अब तो मैं तुम्हारे लिए भी मर गया हूं। तुम अब अपनी राह पकड़ लो।"

मास्टरजी जल्दी मुड़कर मंदिर की सीढ़ियों की ओर दौड़ने लगे। उनका यह बर्ताव मुझे अच्छा नहीं लगा। मास्टरजी मेरी बात को ठीक तरह से समझ नहीं पाए। इच्छा हुई कि उन्हें रोककर अपनी बात समझाऊं।

"सर, जरा रुकिए" मैंने उनका पीछा किया। मगर उनका पीछा करना मुश्किल हो गया, वे तेजी से जा रहे थे। मास्टरजी देखते-ही-देखते पहाड़ पर चढ़ गए। उनमें भी थकावट नहीं थी, यह देखकर मैं दंग रह गया। वे पहाड़ लांघ रहे थे, इसे मैंने देखा नवासी साल के बूढ़ों में ऐसी ताकत होती है, यह मैं सोच भी नहीं सकता था।

मैं भी जैसे-तैसे पहाड़ पर चढ़ा। आँखों में थकावट के कारण अंधकार छा गया, गला सूख गया, सीने में जलन पैदा हो गई, पांव कांप रहे थे।

ऊपर से सूर्य जोर से आग बरसा रहा था। मैं वहीं कुछ देर तक सुस्ताने बैठ गया। मास्टरजी अब जरूर मेरे हाथ लगेंगे, यह सोचकर फिर उठा और पहाड़ी का कोना-कोना छान मारा। मगर वे कहीं नहीं दिखाई पड़े। मास्टरजी मुझे ललकार रहे हैं, यह सोचकर मैं फिर उन्हें ढूंढने लगा। वहां जो भी दिखाई पड़े, सबसे उनके बारे में पूछा। मास्टरजी कैसे मेरी आँखों से गायब हो गए। वे मुझे दुखी भी कर सकते हैं, इसकी मैं कल्पना भी नहीं कर सकता था। अब तो मैं दंग रह गया था। अचानक बसप्पा, गौड़प्पा और गांव के लोग मुझे घेरकर ठहाका मारकर हंस रहे हैं, यह सोचकर मैं सिर से पांव तक कांप उठा। मैं अपना विश्वास खो बैठा, सामने जो शून्य था, उसे देखने लगा। क्या वास्तव में मास्टरजी आदमी थे या नहीं, यह शक एक सवाल बनकर रह गया था और मैं अट्टहास करने लगा था।

□□□

बेटा

बाहर कोई आया ऐसा लगा। हाथ में पुस्तक थी, सिर उठाया और ऐनक निकालते हुए दरवाजे की तरफ देखा।

"तुम घर में हो न?" शेषण्णा अंदर आया।

शेषण्णा मेरा समवयस्क साथी था पर वह मेरी जैसी नौकरी पर नहीं लगा है, यह सच है मगर उसे एक मिनट की भी फुरसत नहीं है, हमेशा कुछ-न-कुछ करता ही रहता है। शेषण्णा एक फुर्तीला आदमी है। उसका खुद का धंधा है, मगर जितना बन सकता है, वह दूसरों के काम आता है, इसी से सभी का प्यारा है। उसे कभी भी उदासी नहीं घेरती। यह सर्वविदित भी है कि उसके लिए कोई भी काम असंभव नहीं है। मगर ऐसे आदमी को मेरे बेटे सतीश ने परेशान कर रखा है....वह कई रिश्ते उसके लिए लाया, मगर सतीश उन्हें ठुकराता ही चला आया है। फिर भी शेषण्णा हार मानने वाला आदमी नहीं है, ऐसा लगता है।

"सुब्बरायजी बेटी को ले आए हैं" वह मेरे पास ही चटाई पर बैठ गया, मगर उसकी बात से मुझे कोई तसल्ली नहीं हुई।

"देखों....उनकी बेटी भामा और हमारा सतीश दोनों हम उम्र हैं, ऐसा मैंने सुना है" मैंने कहा।

"छह महीने कम हैं...बस"

"देखने में भी वह एक आम लड़की है, ऐसा कहते हैं...."

देखो मंजु....शेषण्णा हठ कर रहा है, ऐसा लगा, हर एक का रूप हर एक को अलग-अलग दिख पड़ता है। अगर तुम्हारी बात मान लें तो जो लड़कियां बदसूरत हैं, उनकी आज तक शादी ही न होनी थी...."

"बात ऐसी नहीं है" मैंने भी अपना हठ नहीं छोड़ा, "कई खूबसूरत लड़कियों को सतीश ने पसंद नहीं किया और अब वह इस लड़की को पसंद करेगा?"

"अब यह निर्णय करने वाले तुम कौन होते हो?"

दोस्ती के कारण शेषण्णा ने धीरे-से डाँटा और फिर पूछा, "सतीश घर

में है?

"नहीं, खाने के बाद किसी दोस्त के घर चला गया।"

"और....वह कब तक आएगा?... तुम..." शेषण्णा चिंतित हो रहा था। उसकी चिंता दूर करते हुए मैंने मुस्कुराते हुए कहा, "उसे मालूम है शाम चार बजे शेषण्णा के घर में लड़की देखने की व्यवस्था की गई है। तब-तक तुम्हें आ जाना चाहिए, ऐसा मैंने कहा है। वह मान गया है।"

"तो....तो ठीक है..." शेषण्णा निश्चिंतता से उठा, "मुझे भी भरोसा नहीं हैं। देखेंगे, जैसा ऋण-बंधन है, वैसा ही होगा।" शेषण्णा जाने लगा, "मगर तुमसे एक बात पहले ही कह देता हूं, मंजु" वह गंभीर हो गया।

"सुब्बरायजी अमीर आदमी तो नहीं हैं। उनके पास न घर है और न जायदाद। वे तो पूजा का काम करते हैं, आय कम है। जिस पर उनकी चार बेटियां हैं। सच कहूं तो उनमें शादी में आने वालों के लिए भोजन की भी व्यवस्था करने की क्षमता नहीं है। इसलिए कह रहा हूं, अगर सतीश ने मान लिया तो दहेज आदि के लिए उन्हें मुश्किल में न ढकेलो" शेषण्णा मुझे ही देखने लगा।

"देखो शेषण्णा! भगवान ने मुझे सब कुछ दिया है, उसने मेरे लिए क्या कमी की है? अगर उन्हें इतना कष्ट है तो शादी मेरे घर के आगे ही होगी, ठीक है?"

शायद मेरी कड़वी बात उसे चुभ गई। उसने धीरे से कहा, "मंजु, उदास न हो जाओ। जो बात थी, मैंने कह दी। वे गरीब हैं, हमें तो उनके स्वाभिमान पर आंच नहीं आने देना है?" और वह चला गया।

जिस प्रकार एंक पिता को अपनी बेटी के प्रति जो भय था, उतना सतीश के पिता के नाते मुझे भी था। उसकी माता की यही इच्छा थी कि बेटे की शादी जी भरकर देखूं, मगर चार वर्ष हुए, उसकी माता भी यह दुनिया छोड़ कर चली गई। अब सतीश भी बड़ा हो गया है। उसकी जिम्मेदारी का उसे ज्ञान है। मगर वह जो भी लड़की देखता, उसे ठुकरा रहा है, न जाने क्यों। शादी के बारे में उसमें ऐसी उदासीनता क्यों है? क्या इसके पहले किसी लड़की के साथ उसका प्रणय-भंग हुआ है? यह मैं उससे कैसे पूछ सकता हूं? वह भी कहेगा कैसे? फिर भी, मैंने उसे अपने सामने बिठकार दोस्ताना अंदाज से पूछा था, "बेटा, तुम ऐसा क्यों कर रहे हो? तुम्हें कैसी लड़की चाहिए, कौन पसंद है, यह तो कहो?" मगर लगता है

कि वह आज तक हमारी इच्छा पर गंभीर रूप से ध्यान ही नहीं देता।

और मुझे पिता के नाते अपना कर्तव्य निभाना है। पहले वह बैंगलोर में ही था। महीने में एक बार आता भी था। फिर मुंबई चला गया। तब साल में एक बार आता था और अब दिल्ली में है। पिता को देखने के लिए कभी-कभी ही आता है। वक्त के बारे में क्या कहना? वक्त को पिता और बेटे को और दूर करने की इच्छा शायद ही होगी। कुछ भी हो, अगर उसकी शादी हो गई होती तो मुझे निश्चिंतता होती।

मैंने चार खत लिखे, तार भेजा, तीन साल के बाद तब कहीं सतीश घर आया। कहा था, एक सप्ताह की छुट्टी लेकर आया हूं। आज पांच दिन हो गए हैं। पिता के साथ कम ही बोलता है। उसके गांव भर में दोस्त हैं। किसी-किसी के साथ बनवासी, चंद्रगुत्ती, केलदी और इक्केरी देखने मोटर-साइकिल पर चला जाता है। जब रात को आता है, थका हुआ होता है। जो भी पूछता हूं...कम बातों में ही खत्म कर देता है। उसे नींद आ जाती है, तो यह देखकर मैं भी विवशता से चुप हो जाता हूं।

बेटे को लड़की देखकर शादी करने वाले पिता के लिए एक अयाचित स्थिति का सामना करना पड़ा?

सवा चार बज गए थे, सतीश अभी नहीं आया था, मैं छटपटा रहा था। कैसा लड़का है। कोई जिम्मेदारी नहीं है...बात का पता उसे है। मगर इस प्रकार लोगों को बुलाकर अपमानित करना उचित है?....मैं मर्द हूं, यह सोचकर मनमाना बर्ताव करना ठीक है? सुबह जब घर से निकल रहा था, तब यह भी नहीं कहा कि मैं अमुक जगह पर जा रहा हूं। उसे तो पता ही है, आएगा ही, ऐसा सोचकर मैंने भी पूछने की तकलीफ नहीं की। मगर अब मैं सुब्बरायजी को अपना मुंह कैसे दिखाऊं, यही समस्या हो गई है। वे तो पहले ही गरीबी से झुके हुए हैं, बेटियों के भार से दब रहे हैं....अपमान को सहना उनकी आदत हो गई होगी, फिर भी...

तभी देखा, शेषण्णा दौड़ता हुआ आ रहा है, मुझे समझ में नहीं आया कि अब क्या करूं? इच्छा हुई कि कहीं एक बिल मिल जाए तो मैं उसमें छिप जाऊंगा। जब उसने मेरे चेहरे को देखा, उसे शायद सब कुछ समझ में आया होगा। शेषण्णा एक पल के लिए असहाय होकर खड़ा रहा, लंबी सांस ली, फिर संभलकर मुस्कराया, "शायद आएगा...अब तुम तो मेरे साथ आ जाओ। कुछ देर तक सुब्बरायजी के साथ बैठकर यों ही बातें करते

रहेंगे।" मैं आगा-पीछा करने लगा तो मुझसे आग्रह करके घर से बाहर साथ में ले गया।

इससे पहले सुब्बरायजी को एक-दो बार मैंने देखा था, मगर विशेष परिचय नहीं था। वे बेचारे परेशान हैं उनके बात करने के ढंग से ऐसा लगता था। आदमी हालात के वश में आकर कैसे पक जाता है। मुझे उनके बारे में करुणा जागी और मैंने उनकी तरफ देखा।

जाने के तुरन्त बाद ही शेषण्णा ने सुब्बरायजी के परिवार का परिचय कराया था। मेरे 'न-न' करने पर भी भामा से चरण स्पर्श भी कराया गया था। तब मैंने उसका चेहरा देखा तो मुझे दुख भी हुआ था। लड़की साधारण थी, उसका रंग भी उतना अच्छा नहीं था। आँखों में आकर्षण नहीं था। बातचीत के दौरान पता चला कि जब सतीश सागर में पढ़ता था, कभी-कभी सुब्बरायजी के घर भी जाता था। मुझमें कुछ उत्साह जागा। सुब्बरायजी ने जब कहा कि दोनों एक ही वर्ग में थे, तब उनकी बात में गर्व का भाव था, इसका ध्यान मुझे आया। उनके मन में क़ोई आशा थी, इसका भी पता चला। उनकी बातचीत करने के ढंग से पता चलता था कि वे बेटी की शादी तय करके ही जाएंगे, ऐसा लगता है। यह कोई जाल है, सोचकर मैं दंग रह गया। सुब्बरायजी जो सामने बैठे थे, धूर्त के समान लगे। यह भामा भी भली नहीं है, सतीश बेचारा है, किसी संधिग्दता के वश में फंसकर और इस गंवार लड़की का उद्धार करने की आशा से इस रिश्ते के लिए हां कह दिया तो...

सिर्फ पिछली जान-पहचान से ही सतीश इस प्रकार ठोकर खाएगा, यह मैं कल्पना भी नहीं कर सकता । उसने कैसी-कैसी खूबसूरत लड़कियों को मना कर दिया है, अब हम उम्र और एक मामूली लड़की भामा से शादी करने के लिए राजी हो गया तो? किसी भी दृष्टि से यह उसके लिए बराबर की लड़की नहीं है।

सुब्बरायजी ने यकायक एक हाथ जोड़कर कहा, "अभी आता हूं" और वे अंदर चले गए जहां उनकी पत्नी बुला रही थी। यह देखकर मुझे कुछ भी समझ नहीं आया और मैंने शेषण्णा की ओर चौंककर देखा। उसने भी सिर हिलाया कि उसे भी कुछ मालूम नहीं है। एक बज गया था। सभी सतीश का इंतजार कर रहे थे। वह क्यों नहीं आया, यह भय सुब्बरायजी को शायद सता रहा है। मैंने जब भामा को देखा, तभी से इतनी बड़ी उम्र वाली

भामा का बहू बनाने में मुझमें कोई उत्साह नहीं बचा था। तभी दरवाजे की चौखट पर खड़े होकर सुब्बरायजी ने शेषण्णा को बुलाया, ऐसा लगा कि हालात में अनोखा परिवर्तन हो रहा है। मैं अकेला बैठ नहीं सका, दूसरी जगह बैठ गया। अंदर सुब्बरायजी के परिजनों के साथ शेषण्णा कुछ कानाफूसी कर रहा है। क्या बात होगी, यह सोचना मुश्किल लगा, शायद वे सतीश के इंतजार में अपना संयम खो बैठे हैं, शायद वे शेषण्णा पर दबाव डाल रहे हैं कि अब हम चलें जाएंगे...शायद शेषण्णा उन्हें सांत्वना दे रहा है...

कुछ देर बाद शेषण्णा आया। उसके पीछे सुब्बरायजी भी आए और पहले की तरह सिर झुकाकर बैठ गए। न जाने उनके मन में क्या कोलाहल मचा हुआ है.....शायद उन्हें मेरे बेटे के बर्ताव पर आक्रोश भी आया होगा। इसलिए पहले सबके बारे में चर्चा की है और अब भी वे बात शुरू करेंगे, मैंने सहिष्णुता से इंतजार किया।

"मंजु एक बात है" शेषण्णा ने सुब्बरायजी का चेहरा देखा। उन्होंने सिर हिलाकर मान लिया तो उसने बात जारी रखी, "अगर तुम अन्यथा न लोगे तो...."

शेषण्णा भी कितना संकोच कर रहा था। मुझे पहली बार अचरज हुआ। अब कहने के लिए बचा ही क्या है? उन्हें पता चल गया है कि यह रिश्ता मेल नहीं खाता है। अब सिर्फ मुंह से कहना बाकी है....

"मंजु .....अगर तुम राजी हो जाओगे तो भामा तुमसे शादी करने के लिए तैयार है।"

शेषण्णा की यह बात बिजली की तरह मुझ पर पड़ी, मैं कांप गया। मगर उसे मेरे अंदर की भावना का पता न चल सका। वह पूछ बैठा, "तुम्हारी क्या राय है?" इस प्रश्न से मेरा शरीर जल गया।

"उस लड़की का दिमाग खराब हो गया है.....उसने मुझे समझ क्या रखा है?" मेरी बात में तिरस्कार के साथ-साथ क्रोध भी भरा था।

"आप कृपया अन्यथा न लें" सामने बैठे सुब्बरायजी गद्गद् हो गए और मेरे पांव छूने के लिए आगे बढ़े, यह देखकर मैं डर गया और पीछे हटा, "यह क्या किस्मत है!" मैं चिंतित हो कराहा।

"इसमें कोई बात छिपी नहीं है," सुब्बरायजी कहने लगे, "भामा ने जब हमें अंदर बुलाकर यह बात कही तो हमें भी आपके समान आश्चर्य हुआ।

मगर वह खुद बता रही है...आपकी राय जानने के बाद..."

"मंजु.....इसमें कोई आग्रह नहीं है। तुम भी सोचकर देखो" शेषण्णा उनकी मदद करने आगे बढ़ा, "बेचारे सुब्बरायजी भी मुश्किल में हैं। भामा की शादी के बिना उनकी दूसरी बेटियों की शादी भी नहीं हो सकती। तुम ही देख रहे हो, उसकी शादी की उम्र ढल गई है। अगर उसकी शादी होनी है तो तब हो सकती है जबकि तुम्हारे जैसे लोग आते हैं। इस शादी में तुम्हारी भी भलाई है। उसे भी समाज में आदर मिलता है। तुम अधिक उम्र के हो गए हो, यह सोचकर डरना बेकार है। तुम्हें रिटॉयर होने में अभी दो वर्ष हैं। तुम्हारा चेहरा देखने से पता चलता है कि अभी तुम्हारी उम्र नहीं ढली है। इसलिए मान जाओ...."

"ठीक है...आप कृपया मान जाइए" सुब्बरायजी भी गिड़गिड़ाने लगे। मैं चुप रहूं, इसके लिए दोनों मौका ही नहीं दे रहे थे। इस आग्रह से मैं भी घायल हुआ था। जहां तक वे समझते हैं, यह उतना आसान काम नहीं है, मैंने शेषण्णा का चेहरा देखते हुए गंभीर होकर कहा, "सच कहूं तो मैंने जिंदगी में बहुत कुछ भोगा है, इसलिए दूसरी शादी की आवश्यकता मेरे लिए नहीं है और मुझ जैसे आदमी से शादी कर उस लड़की को भी क्या सुख मिलता है? फिर वह जिंदगी भर दुख से तड़पती भी न रहे, यह मेरी इच्छा है।"

"यही तुम्हारा भय है न..." अब शेषण्णा निरांतक रूप से कहने लगा, "इस डर का कोई कारण नहीं है। भामा के लिए मुश्किल का सामना करना कोई नई बात नहीं है। अब उसकी जिंदगी के लिए एक आश्रय की आवश्यकता है, उसे अब चैन की जिंदगी की आवश्यकता है, उसके लिए अब सुख की बड़ी बात नहीं है। उससे तो तुम्हें कोई कष्ट या हिंसा नहीं होगी। वह तुम्हारी सेवा कर सके, इसके लिए वही कह रही है।"

"यह उतना आसान नहीं है भई...." मैं अभी भी भय से कांप रहा था, "इस उम्र में मैं शादी करूं तो लोग क्या कहेंगे? मेरा बेटा सतीश क्या सोचेगा?"

"देखों, लोगों की बातों की ओर ध्यान न दो। कोई कुछ भी कहे अपनी भलाई तुम्हें स्वयं ही देखनी है....वैसी बात करने वाली तुम्हारी मुश्किल में हाथ बटाते हैं? तुम्हारे अंतिम दिनों में कौन मदद करेगा? पत्नी के सिवाए और कोई नहीं करता। लोग कुछ दिनो बातें करेंगे, बाद में अपने आप चुप

रह जाते हैं और रहा सतीश....वह कुछ नहीं कहेगा.....मुझे उसके स्वभाव का पता है।"

"फिर भी यह उतना आसान नहीं है। इधर चार सालों से अकेलेपन से मैं हिल-मिल गया हूं। कल जब सतीश की शादी हो जाएगी तो उसी के साथ रह जाता हूं...मुझे क्या तकलीफ है?"

मगर शेषण्णा ने मेरी ओर ध्यान नहीं दिया।

"मंजु इस गांव में तुम पैदा हुए और बड़े हुए हो। इस गांव को छोड़कर तुम कहां, कितने साल तक रहोगे? सतीश भी एक ही शहर में नहीं रहता। उसकी होने वाली बीवी नौकरी करती रहेगी। उस समय वहां तुम्हें देखने वाले ही कौन होंगे? उसके बदले तुम यहीं रहोगे तो तुम्हारे सभी रिश्तेदार तुम्हारे साथ होंगे। और तुम भामा से शादी करोगे तो कोई समस्या ही नहीं है।"

लगता था कि शेषण्णा मुझे किसी तरह राजी कराके ही रहेगा। इसी आशा से सुब्बरायजी भी मुझे ही देख रहे हैं। मुझे तो संकोच हो रहा था, मगर मुझसे भी अधिक भामा को जिसने एक बूढ़े का हाथ पकड़ने के लिए 'हां' कर दी है, उसकी स्थिति कैसी होगी, यही मैं सोच रहा था। नारी की जो सहज लज्जा है, उसे त्यागकर भामा खुद ही इस शादी के लिए राजी हो गई है, यह सोचकर उस पर दया आती है मगर...आगे मेरी समझ में कुछ नहीं आया, "देखूंगा...कल बताऊंगा" मैं उठा और फिर कहा, "मगर आप मुझ पर विश्वास मत करें..." जब मैं घर आया तो साढ़े छह बज चुके थे। सतीश अभी तक नहीं आया था। दरवाजा खोलकर अंदर गया। बिजली जलाई। घर में रोशनी फैल गई। मगर मेरे हृदय में अभी अंधकार भरा था। भामा तो दीए के समान रोशनी करने के लिए राजी हुई थी। मगर मैंने अभी उसके लिए हृदय नहीं खोला था।

बाहर आकर चबूतरे पर बैठ गया। ठंडी हवा बह रही थी। कुछ राहत हुई, मगर मन में अभी कोलाहल था। कर्तव्यविमूढ़ होकर उसी तरह बैठ गया। सतीश लड़की देखने के लिए राजी हुआ और मुझे दुविधा में फंसा दिया, ऐसा लगा। लड़की का परिचय उसे पहले से ही था, लगता है, उससे शादी करने का उसका मन नहीं था। सच है, यही कारण होगा, इसलिए उसने सोचकर ही यह सब किया। मगर उसने ऐसा कभी सोचा भी नहीं होगा कि मामला इस प्रकार करवट बदलेगा। वही क्यों-मुझे भी इसकी

कल्पना कहां थी?

सच....अगर मैं शादी कर लूं तो क्या हो जाएगा? मैंने बैठे-बैठे ही सोचा। इन चार सालों में अकेलापन चुभ रहा था। बेटा तो दूर ही था। अपने कई रिश्तेदार थे। मगर मुझे अकेले ही जीना पड़ा। खाना पकाना कूड़ा-करकट साफ करना-सभी कुछ अकेले ही करता आया हूं। जब बीमार पड़ता हूं तो दरवाज़े की ओर देखता लेट जाता हूं कि कोई आएगा, कोई आएगा....हाय राम! किसने इस अकेलेपन की जिंदगी की सृष्टि की! इसमें क्या मजा है?

शेषण्णा जो कहता है, उसमें भी तथ्य है। मेरी कई दिन की इच्छा है कि बेटे के साथ रह जाऊं, मगर यह उतना आसान भी नहीं है। वह कभी दिल्ली में तो कभी कोलकत्ता में। वहां का शोरगुल, कोलाहल, धूल-मिट्टी मेरी तंदरुस्ती के लिए क्या अच्छा है? जहां एक पल की भी फुरसत नहीं, जहां लोग मानवीय संबंध ही भूल गए हैं, जहां सब कुछ यांत्रिक है-उन लोगों के बीच जीना असहनीय ही है और आखिर मुझे यही गांव का ही सहारा है।

और फिर अभी मेरी उम्र है, यह बाहर से दिखाई देने पर भी उसका परिणाम शरीर पर तो पड़ता ही हैं चेहरे पर झुर्रियां पड़ना, घुटनों में दर्द, थकान, खाना हजम न होना-अगर पत्नी है तो वह दूसरी बात है। वह उत्साह ही अलग है। बूढ़े होने पर फिर शादी नहीं करना है, यह नियम इस देश में न जाने किसने बनाया? और फिर बूढ़े होने पर ही साथी की आवश्यकता ज्यादा होती है, यह बात किसी की समझ में क्यों नहीं आती? आज जो लोग हंसेंगे, कल वे बूढ़े हो जाएंगे, तब क्या वे पछताएंगे नहीं?....

तभी सतीश आया, तक मेरे विचारों को तात्कालिक विश्रांति मिली। उसने अंदर जाने से पहले कहा, "पिताजी, मैं जोग के लिए गया था, बस ही नहीं मिली, देर हो गई।" लड़की देखने की उत्सुकता उसे तो नहीं है, यह स्पष्ट रूप से पता चलता था। मगर तुम्हारी अनुपस्थिति में क्या-क्या हो गया, यह कहूं या न कहूं, इसी दुविधा में देर तक वैसे ही बैठा रहा।

हम दोनों खाना खा रहे थे।

"पिताजी, मेरी छुट्टी खत्म हो गई, कल सुबह बैंगलोर जाऊंगा। दिल्ली के लिए रिजर्वेशन हुआ है।" सतीश ने मेरी ओर देखा। सतीश कल ही चला जाएगा, यह सोचकर मन दुखी हुआ। इस बार भी उसने किसी लड़की को

पसंद नहीं किया, उसकी शादी फिर टल गई, मुझे तकलीफ हुई।

दिल्ली जाने पर हमेशा कैसे आ सकता है? साल में एक बार या दो बार....या एक साल बाद ही....सीने में जलन हुई, मैंने पानी पीया।

"तुम्हारे लिए शेषण्णा के घर में सभी ने इंतजार किया" उसकी ओर देखते हुए मैं उसका जवाब सुनने को उत्सुक हुआ।

"ओह....वह बात है...वहीं सुब्बरायजी की बेटी भामा के बारे में....जब वह स्कूल में पढ़ती थी, बड़ी होशियार थी। उसके विचार भी ऊंचे हैं। उनके घर में कभी-कभी खाने के लिए जाता था। तब वह मां के समान ही सेवा करती थी-वही प्यार, वही ममता...."

जव सतीश सोने गया तो उसकी बातें ही मेरे कानों में गूंज रही थी।

सवेरे आठ बजे जब सतीश जाने की तैयारी कर रहा था, शेषण्णा ने आकर कहा, "बस आई है, बस स्टैंड पर खड़ी है।"

सतीश ने थैली और सूटकेस को एक ओर रखा और मुझे नमस्कार किया। वह बड़ा व्याकुल हुआ था।

"पिताजी, अगर आप मेरे लिए लड़की न देखे, बस करें। मैंने...वहां की दूसरी लड़की से शादी कर ली है। उसकी जाति अलग है, इसी डर से टालता आया। आपके सामने यह बात कहने में डर लगता था।"

ओह! बेटा कितना बड़ा हो गया है! कितना सुधर गया है। शादी के पहले पिता से पूछना चाहिए, यह बात इसकी समझ में आई ही नहीं...मगर अब क्यों कहा?

"पिताजी, मैं एक महीने तक दिल्ली रहूंगा। फिर कनाडा चला जाऊंगा। वहां एक अच्छी नौकरी मिली है। अगर आप मुझे माफ कर सकते हैं तो मेरे साथ वहीं आ जाइए। मेरी बीवी भी वहीं की है...भविष्य में मेरा वहीं रहने का इरादा है....."

ठीक है...."मैंने प्यार से उसे सहलाया" तुम सुखी रहो, यही मेरे लिए काफी है। मेरे मन का कोलाहल हो गया था।

"तो आप मेरे साथ कनाडा आयेंगे....?"

"मैं कैसे आऊं....यहां के लोग....यहां की धरती...यहां का मोह-इन्हें छोड़कर आ जाऊं तो मेरी स्थिति त्रिशंकु के समान हो जाएगी...और आप लोगों के लिए भी समस्या बन जाऊंगा।"

"कुछ भी नहीं...यहां आप अकेले रहें, इससे तो अच्छा है।"

"नहीं-नहीं...तुम्हारे चले जाने के बाद मैं कहां अकेला रहूंगा। मेरी पत्नी मेरे साथ रहेगी.....।"

मेरी बात सुनकर सतीश सिर उठाकर मुझे ही देखने लगा। उसकी खुशी का ठिकाना न रहा। आँखें खुशी से भर आई।

तब तक बस चल दी। सतीश ने बस में चढ़कर हाथ हिलाया। बस के जाने पर शेषण्णा की ओर देखकर उससे कहा, "तो सुब्बरायजी से कह दो।"

"अब तुम बदलते जमाने के साथ हो लिए। शेषण्णा हंसा। मगर मैं न हंसा।

"तो क्या करूं? सोचा था कि सतीश आखिर इस देश में तो रहेगा... मगर...बच्चे जब बड़े हो जाते हैं तो सब कुछ खत्म....उनसे हमें कुछ भी प्रतीक्षा नहीं करनी है" मैंने कह दिया। मन में जो व्यथा थी, उसे छिपा नहीं सका।

"अरे पगले...तुमने सतीश के बारे में क्या सोच लिया है?" शेषण्णा विशेष बात कह रहा है, यह सोचकर अचरज हुआ।" वह तो तुम्हारी चिंता में ही दुखी हो गया था। उसे मालूम था कि तुम कनाडा तो नहीं आओगे और तुम यहां हमेशा के लिए अकेले हो जाओगे, यही चिंता उसे हमेशा सता रही थी। परसो सुब्बरायजी के घर वह खुद गया और भामा को इस शादी के लिए राजी कर आया, यह बात तुम्हें पहले पता चल जाती तो... सतीश सभी बेटों के समान नहीं है...." शेषण्णा सतीश की प्रशंसा में मग्न था। मेरी आँखें भर आई।

□□□

वारिस

पिताजी का व्यवहार न जाने क्यो विचित्र सा लगा।

चुप बैठा मैं उनका मुंह ताकने लगा। एक जमाने में पिताजी गांव की अधिदेवी भवानी के मंदिर के भक्त हुआ करते थे। ऐसे पिता धर्म-विमुख तो नहीं हो सकते पर जहां तक मैं जानता हूं कई दिनों से पिताजी मंदिर की ओर नहीं गए। घर में भी मां के आग्रह पर ही पिताजी पूजा-पाठ और संध्योपासना करते दीखते। सरसरी तौर पर लगता था कि पूजा-पाठ में उन की कोई आस्था नहीं बची है। यदा-कदा रिश्तेदार घर आते तो पिताजी उनसे भी ज्यादा बात नहीं करते। सब्ज़ी में नमक न हो तो भी पिताजी अपना खाना खा कर उठ जाते। लगता था कि पिताजी हंसना भी भूल गए हैं। अंधेरे में अकेले बैठकर सोचते रहना ही पिताजी का खास शौक है, या उनके लिए यही अनिवार्य है! मां पूछती, "आपको हो क्या गया है?" यह पूछ-पूछ कर वह हार चुकी हैं। मैं उनका बेटा कॉलेज की पढ़ाई समाप्त करने वाला हूं। मानसिक और शारीरिक रूप से सुदृढ़ हूं। दूसरों के मानसिक रूप को समझने की क्षमता मुझमें आ गई है। युवा बेटा एक दोस्त के समान होता है, यह सोचकर पिताजी मेरे साथ कुछ बात तो कर ही सकते हैं। मगर नहीं। कई रहस्य उन्होंने अपने अंदर छिपा रखे हैं। बाहर से शांत समुद्र के समान दीखते हैं, अन्दर बड़नावल प्रज्वलित हो रहा है, ऐसा लगा।

आखिर पिताजी ने कहा, "यहां की रामायण से तुम्हें क्या लेना-देना है? मेरी बात सुनो! पहले यहां का मोह छोड़, पढ़ाई खत्म करके बैंगलोर या मुंबई में नौकरी पकड़ लो। तुम ही तो हमारे सर्वस्व हो, इकलौते बेटे हो। हमें कोई रिश्तेदारों की तो तकलीफ है नहीं। और फिर एक दिन यहां की सारी जायदाद बेंचकर अपनी मां को अपने साथ ले जाना।"

"और आप?"

"मैं और कितने दिन जीवित रहूंगा?" पिताजी की बात में व्यथा थी। "मैं जब तक जिन्दा हूं, इसी घर में रहूंगा। मगर तुम्हारा यहां रहना जरूरी

नहीं है।"

पिताजी इस तरह बात करते थे। इस का अर्थ क्या है?

मैं बैंगलोर में शामण्णा के घर में रहता था जो पिताजी के दोस्त हैं। मां कभी-कभी किसी से फोन करवाती रहती हैं।

आज भी यकायक फोन आया- दो दिन के लिए घर आ जाओ, तुम्हारे पिता की हालत ठीक नहीं है- रात की बस पकड़ी और घर आ गया। देखा, पिताजी ठीक-ठाक हैं। उम्र ने अपना भयानक असर तो डाल ही दिया था। मुझे देख मां को कुछ तसल्ली हुई।

"तुम्हें देखे छह महीने हो गए थे।" उन की आँखों में जो आंसू थे, उन्हें देख मैं आगे बोल नहीं सका। उन की ममता के आगे मैं खामोश हो गया।

फिर मैं गांव में घूमने-फिरने चला गया। लौटते वक्त एक खाली ज़मीन पर मेरी नज़र पड़ी, जो हमारे घर के बगल में थी। वहां पर कांग्रेस घास, बबूल और दूसरे कटीले पौधे उगे हुए थे। पिताजी ने उन्हें क्यों साफ नहीं कराया, समझ में नहीं आया। यह ज़मीन मुख्य सड़क से मिली हुई थी। अगर यहां पर कमरे बनाकर किराए पर दे दिए होते तो काफी पैसे मिलते। घर के कमरों को बढ़ाकर बड़ा किया जा सकता है, हॉल भी बनाया जा सकता है। आजकल पूर्णिमा और अमावस के दिन दूर-दूर से लोग भवानी के दर्शन के लिए आते हैं। यह बात मैंने पिताजी से कही।

"अब उतने पैसे मेरे पास कहां हैं!" पिताजी के उत्तर में उदासीनता स्पष्ट झलक रही थी। हर बात में पिताजी ऐसी उदासीनता और रिक्तता दिखाते थे। यह मुझसे सहा नहीं जाता।

"उस ज़मीन को बेच क्यों नहीं देते?" मैंने कहा।

"यह नहीं हो सकता।"

"क्यों?"

"हर सवाल का जवाब नहीं दिया जा सकता।"

"बताइए मुझे जानना है।"

"तो सुनो ...वह ...वह हमारी जमीन नहीं है।"

"तो किसकी है?"

"दो जनो की है।"

"तो अब वे कहां हैं?"

"मर गए, कई साल हो चुके हैं।"

"उनके कोई वारिस-रिश्तेदार?"

"तुम तो एक ही बार में कई सवाल पूछ रहे हो?"

पिताजी का गुस्सा धीरे-धीरे बढ़ रहा था। आखिर उन्होंने शांत होकर कहा, "उन के अब कोई रिश्तेदार नहीं रहे, ऐसा लगता है किसी एक सौदे के दरमियान यह जायदाद मेरे हाथ आ गई। जब-तक मैं जिन्दा रहूंगा, इस की हिफाज़त करूंगा। कोई रास्ता भी नहीं है। मेरे बाद, तुम जो चाहो कर लेना।"

इतना बोलने के बाद पिताजी हांफने लगे और पसीना-पसीना हो गए। मैं बात और आगे बढ़ाकर उनके मन को दुख नहीं पहुंचाना चाहता था, इसलिए उठकर अंदर आ गया। रसोईघर में मां मेरी राह देख रही थी।

उन्होंने मुझे पास बुलाकर प्यार से बिठाया और पीठ पर हाथ फेरा। फिर डिबिया से दो कोंडुबले (एक खाद्य वस्तु) निकाले और मुझे देती हुई बोली, "क्या कहा तुमने उनसे?" उन्हें भी दुख हुआ था कि मैंने पिताजी को सताया है।

"देखो! मां पिताजी मुझसे ठीक से बात भी नहीं करते।" मैंने नाराज़गी जताई।

"हां! " मां ने गहरी सांस ली और कहा, "ये इसी प्रकार निर्लिप्त हैं, पिछले कई सालों से।"

मैंने तुरन्त चेहरा उठाया। यहां कोई रहस्य है। "क्या कारण है मां?"

"बिना कारण ही!" मां की असहिष्णुता बढ़ी, "किसी ने गलती की है और यह उम्र कैद की सज़ा भुगत रहे हैं।"

"ठीक से कहो मां.......तुम भी पिताजी के समान पहेली न बुझाओ।"

"मुझे जो कुछ भी मालूम है, बता रही हूं। तुम्हारे सामने न कहूं तो और किसके सामने कहूं?" मां ने आंसू बहाते हुए कहा, "गांव के सिरे पर जो भवानी का मंदिर है, वह पुराने ज़माने का हैं ज़ो भी राजा हुए उन सभी राजाओं ने देवी की आराधना की और कृतार्थ हुए। आज भी दूर-दूर से भक्त लोगों की भीड़ दर्शन करने आती है। इसी मंदिर में एक बार चोरी हो गई। देवी के शरीर पर जो लाखों रुपये के गहने थे, उनकी चोरी कर स्वंय पुजारी भाग निकला। उस समय तुम्हारे पिताजी मंदिर के ट्रस्टी थे। रिवाज़ के अनुसार पुलिस आई। काफी दिन तक मुकद्यमा चला। पिताजी ने विवश होकर ट्रस्टी पद से इस्तीफा दे दिया। पुजारी की पत्नी अपमान सह न सकी

और उस ने गले में फंदा डालकर आत्महत्या कर लीं। पुजारी का छोटा बेटा अनाथ हो गया और वह कहीं चला गया।"

"मगर उस चोर पुजारी का अभी तक पता नहीं चला?"

"हां, लाखों रुपये जब हाथ में हों तो फिर वह इधर क्यों आएगा? वह धूर्त कहीं दूर शायद आराम से जी रहा है।" मेरी बात के लिए मां के उत्तर में नाराजगी थी।

परीक्षा का भूत सिर पर सवार है, इसी डर से मैं पढ़ाई कर रहा था, तभी अचानक पिताजी का खत मिला, "इस बार ठीक से बारिश नहीं हुई है, इसलिए फसल अच्छी नहीं है। सुपारी के पेड़ों को बीमारी लग गई है।" आगे लिखा था, "मैं तुम्हारी भलाई के लिए लिख रहा हूं। मेरी सारी जायदाद के तुम ही वारिस हो, यह सच है। मगर तुम्हारा यहां रहने के लिए आना उचित नहीं है। खेती-बाड़ी, बाग-बगीचे का काम तुम से होता नहीं है। गांव की जायदाद पर भरोसा करके गुजारा करना मुश्किल है। नौकर-चाकर नहीं मिलते, पास-पड़ौस वाले मुश्किलें खड़ी कर देते हैं। फसल की लूट होती है। तुम तो नगर के जीवन से हिल-मिल गए हो। तुम वहां पढ़ाई के साथ-साथ कोई काम ढूंढ लो। मुझे मालूम है कि नगर का जीवन मुश्किल है। तुम शादी करने वाले हो, इसलिए नगर में कोई फ्लैट खरीद लो। पैसे की चिन्ता मत करो। अगर पैसे कम हो तो खेत और बाग को एक-एक करके बेचा भी जा सकता हैं। मगर जब-तक मैं जिन्दा हूं, यह घर नहीं बेचूंगा। मेरे बाद तुम इसे बेच देना और इस गांव का मोह सदा के लिए छोड़ देना।"

मैं कर्तव्यविमूढ़ हो गया। मैंने इतनी पढ़ाई की है, मगर पिताजी के मन को समझ नहीं पाया। गांव के बारे में, लोगों के बारे में पिताजी की उदासीनता बढ़ गई, ऐसा लगा। एक समय में पिताजी मंदिर के ट्रस्टी रहे हैं, इसी गलती के लिए उन्होंने पुलिस से शायद मुश्किलों का सामना किया होगा। तब उनकी मदद के लिए कोई भी नहीं आया होगा। शायद इसलिए वो भगवान और लोगों से दूर ही रहना चाहते हैं । मगर ऐसी बात है तो पिताजी जायदाद बेचकर हमेशा के लिए गांव छोड़ सकते थे। उन्होंने ऐसा क्यों नहीं किया? वे कहते रहते हैं, "जब-तक जिन्दा हूं इसी घर में रहूंगा।" इस घर से ऐसा मोह? सब कुछ सह कर, अपमान झेलते हुए, आखिरी दम तक वहां रहने की आवश्यकता ही क्या है? ऐसी क्या मजबूरी है?

परीक्षा समाप्त होते ही मैं तुरन्त गांव आया। पिताजी पहले से भी कमजोर हो गए थे। अगले दांत गिर गए थे, ललाट पर झुर्रियां बढ़ गई थीं, शरीर थोड़ा झुक गया था। पिताजी पर उम्र ने बिना संकोच के आक्रमण किया है, या ऐसा भी हो सकता है कि पिताजी हमेशा दुखी रहते हैं और उनकी निरुपाय मनः शक्ति ही उनकी इस हालत का कारण है।

"पिताजी, आप मेरे साथ बैंगलोर चलिए। वहां किसी अच्छे डॉक्टर को दिखायंगे।" मैंने कहा।

"मुझे क्या हुआ है, बेटा?" फिर वही दूर भागने की बात।

पिताजी की हालत देख मां भी बहुत डरी हुई थी। जब पिताजी को पता चला कि मैं परीक्षा में पास हो गया हूं, तो उन्होंने मुझे एक दिन भी गांव में रहने नहीं दिया। "जाओ, नौकरी ढूंढों- मैंने भी शामण्णा को पत्र लिख दिया हैं।"

उनके आग्रह पर मैं फिर बैंगलोर चला गया। मेरे लिए शामण्णा जी ने पांच-छह जगह कोशिश की थी। उनके साथ वहां गया। एक महीने में कहीं न कहीं नौकरी जरूर मिल सकती है, ऐसा विश्वास हुआ। मगर तभी एक दिन सवेरे शामण्णा जी ने कहा, "जल्दी गांव जाओ तुम्हारे पिता को....."

"क्या हुआ है?"

"कहते हैं,ब्रेन हैमरेज है।"

मैं बस पकड़कर गांव चला आया। मगर काफी देर हो चुकी थी- पिताजी रात भर बेहोशी की हालत में कराहते रहे और सुबह होते ही दम तोड़ दिया।

कोई काम नहीं था। यूं ही बैठे-बैठे ऊब गया था, इसलिए कुछ दूर तक घूम कर आने की इच्छा हुई। मैं चल पड़ा। नदी के ढलान पर बाग के कई हिस्से नष्ट हो गए थे, खेत भी खाली पड़ा था। देखकर बड़ा दुख हुआ।

दो महीने बीत गए। तब-तक पिताजी की अलमारी से सारे कागजात निकालकर उनकी पूरी तरह जांच करता रहा; बैंक हिसाब, बचत सर्टिफिकेट- सब कुछ देखा। फिर मुझ में साहस भी आ गया। इच्छा हुई कि नौकरी करने के बजाए गांव में ही ठहर जाऊं और खेती करूं, यद्यपि यह पिताजी की इच्छा के विरुद्ध था।

दो चार दिन हितैषियों से मदद ली। बाग और खेत पर जो हानि हुई थी, उसका अंदाजा लगाया। मगर अभी समय था। बाग में जो कूड़ा-करकट पड़ा

था, उसे साफ करना है, पानी के रास्ते को ठीक करना है, फिर और कुछ सुपारी, केले और नारियल के पौधे लगाकर गोबर डालना है। ऐसा करने से भविष्य में काफी मुनाफा मिलने की उम्मीद है। इसी प्रकार खेत की अच्छी जुताई की गई तो सौ बोरा ज्यादा धान मिल सकता है।

मन नहीं चाहा कि घर के बगल की जमीन को यूं ही छोड़ दिया जाए। निश्चय कर लिया कि वहां दो कमरे बनवाएंगे।

"तुम अपने पिताजी की इच्छा के विरुद्ध सब कर रहे हो।" मां ने आक्षेप किया।

"मां हमारे पास इतनी बड़ी जायदाद है, नौकरी में क्या रखा है?" बात समझाने पर मां भी चुप हो गई।

शुभ मुहुर्त निकलवाकर जमीन की पूजा की गई, फिर नींव के लिए ज़मीन खोदने का काम शुरू हुआ। मिट्टी नरम थी, इसलिए शाम तक तीन फुट खुद गई। खोदने का काम तब आगे बढ़ा तो एक पत्थर ने बाधा डाल दी। वह चट्टान नहीं थी, यह आश्चर्य की बात थी। वह एक लम्बा-चौड़ा सपाट पत्थर था। उसे बड़ी मुश्किल से हटाया गया। वहां सुरंग थी...

"तहखाना....तहखाना!" एक मजदूर चिल्लाया। उसे डांट कर चुप कराया तो दूसरे ने उत्साह दिखाया, "नीचे उतर कर देखूं?"

"नहीं, नहीं, वहां कोई पुराना कुंआ होगा।" मैंने कहा।

"कुंआ नहीं है जी, सीढ़ियां जैसी दिखाई दे रही हैं।"

मैंने भी कोतूहलवश नजदीक जाकर ध्यान से देखा। लगा, तहखाना ही है। शायद मेरे पूर्वजों ने इस्तेमाल किया होगा।

"आज काम काफी हो गया।" मैंने डपट कर कहा। सूर्य डूबने वाला था। अब अंधेरा छाने लगा, "यों ही जल्दबाजी नहीं करनी चाहिए। अंदर सांप-बिच्छू होंगे। बिना हवा के शायद दम घुट जाए।"

वे सब चले गए, पर मैं दसेक मिनट वहीं बैठा रहा। यह तहखाना क्यों और किसलिए? यह शंका भी हुई की पूर्वज शायद यहां संपत्ति छुपाते होंगे।

रात को खाना खाते वक्त मां से तहखाने के बारे में मैंने बात ही नहीं छेड़ी। साढ़े ग्यारह बजे तक टीवी देखता रहा। फिर उठा। मां को गहरी नींद में सोया देखकर मैंने अपने सिर पर एक रुमाल बांधा और हाथ में एक बड़ी टार्च ले ली। धीरे से बाहर आया। यकायक ठण्डी हवा के झोंके कपकपी छूट गई। कोई कीड़ा "की-की" कर रहा था, एकांत में वह आवाज कर्कश

लगी। सीने में भय पैदा हुआ। एक पल के लिए रुका। पड़ोसी देख तो नहीं रहे, इस बात की पुष्टि के बाद धीरे-धीरे कदम बढ़ाया और उस जगह आया।

तहखाने के अंदर जाऊं, कुछ देर तक दुविधा में पड़ा रहा। फिर जोर से सांस ली और कलेजे को पत्थर बना लिया। कौतूहलवश नीचे झुका।

इतने वर्षों से तहखाने में भरी हुई विषैली हवा निकल चुकी होगी और अब वहां ताजी हवा फैली हुई होगी, इस विचार के साथ लम्बे-चौड़े-सपाट पत्थर पर हाथ रखकर एक पांव सुरंग के अंदर रखा। सीढ़ी मिल गई, उस पर मजबूती से खड़ा हो गया। धीरे से और दो सीढ़ियों को पार किया और वहीं रुक कर टार्च से रोशनी अंदर फेंकी जैसा अंदाज था वह तहखाना ही था। लगभग बीस फुट लम्बा-चौड़ा। तहखाने की ठंडी हवा ने अचानक घेर लिया और कांपने लगा। अंदर का दृश्य देखकर मैं हतप्रभ रह गया। मैं जो कुछ देख रहा हूं, वह झूठ है या सच, यह विश्वास करने में भी कुछ समय लगा। फिर साहस करके बाकी सीढ़ियां पार कर एक कोने में जा खड़ा हुआ।

टॉर्च की रोशनी में- पिताजी के मरने के बाद उन की पहेली जैसी बात का मतलब तहखाने में चमकने लगा।

देवी के आभूषण, जैसे मुकुट, कवच, हार, कंगन और भी न जाने क्या-क्या-सब कुछ तहखाने में बिखरे पड़े थे। उन सभी को शायद सोने, हीरे जवाहारात से बनाया गया होगा। एक-एक जब रोशनी पड़ती, आंखें चौंधिया जाती थीं। इन सब के बीच पड़ा हुआ एक अनाथ अस्थिपंजर। उस के गले में रुद्राक्ष की माला, उंगली पर पवित्र अंगूठी।

बहुत ही नजदीक जाकर ध्यान से देखा। सिर फटा हुआ था। नजदीक ही एक बड़ा पत्थर था, जिस की मार से शायद उसका सर फटा था।

मेरी आंखें भर आईं। कलेजे में जोर का दर्द उठा, कई बार लम्बी सांसें लीं, मगर भय और चिन्ता दूर नहीं हुई। कर्तव्यविमूढ़ पीछे हटता गया और सीढ़ी पर बैठ गया। बाइस साल पहले जो घटना घटी थी, उस भयानक अंधकार में भी आंखों के सामने आकर खड़ी हो गई। कुछ नहीं सूझा। मैं हतप्रभ था। मैं किस का वारिस हूं? पिताजी के पुण्य कार्यों का या पाप कर्म का? और यह वारिसपन यहीं ख़त्म कर दूं, या अपने बेटे पोतों के सिर भी बांधूं? ये सवाल बिना जवाब के मेरे सामने नाचने लगा।

□□□

उथल-पुथल

कॉल बेल बज उठी। आवाज़ से ही पता चला कि पिताजी आए हैं। मैं तुरन्त उठ खड़ी हुई।

'पिताजी!' यह शब्द सुनने से ही कितनी खुशी हो जाती है! ओह, पिताजी को देखे कितने दिन हो गए, वे हमेशा चार-पांच दिन में लौट आते थे, मगर इधर पन्द्रह दिन हो गए थे। मन उदास हो उठा था। खाना और नाश्ता दोनों में भी रुचि नहीं होती थी। मां कहती थी, वे आएंगे मगर उसकी सांत्वना में भी व्यग्रता नजर आती थी। मैं हमेशा कहती थी कि 'पिताजी, आप जल्दी आ जाइए' और पिताजी ' हां' कहते। वे भी मुझे सांत्वना देने लगते। मैं कहती थी कि 'आप इस तरह घुमक्कड़ी की नौकरी को छोड़कर बैंक की नौकरी क्यों नहीं पकड़ लेते? कहते हुए मैं उदास हो जाती थी।

मैंने दरवाजा खोला। पिताजी को देखा तो मन खिल उठा। मगर दूसरे ही पल में बुरी तरह चौंक भी गई। पिताजी के साथ एक खूबसूरत लड़की खड़ी थी, जो अभी-अभी यौवन में पांव रख रही थी। उसे देखने पर ऐसा लगा कि उसे मैंने कहीं देखा है।

पिताजी बहुत थके लग रहे थे। उन्होंने उस लड़की से कहा, "आओ. ..बेटी!" पिताजी ने ठीक मेरी तरह ही उसे पुकारा था जिस तरह वे मुझे बुलाते हैं, लेकिन अपरिचित वातावरण के कारण वह थोड़ी घबराई हुई थी। उसने एक कदम पीछे हटाया और पिताजी की तरफ देखा।

पिताजी ने कहा, "यह भी तुम्हारा ही घर है बेटी। आ जाओ" मैंने प्यार से उसकी तरफ हाथ बढ़ाया मगर वह पिताजी का हाथ पकड़कर ही घर के अंदर आई। उसकी आंखों में हैरानी थी। शायद मन में कोई असुरक्षा की भावना थी।

"तुम्हारा नाम क्या है?" मैंने उसके कंधे पर हाथ रखकर पूछा।

"इन्दु!"

"मेरा नाम पद्मा है। यहां तुम्हें कोई तकलीफ नहीं होगी। मैं तुम्हारी

बहन जैसी हूं।" इन्दु ने मुझे बड़ी-बड़ी आंखों से देखा। उनमें कई सवाल थे।

नया माहौल था। इन्दु अभी डरी हुई-सी थी। शायद उसे संकोच भी सता रहा होगा। वह सिकुड़कर ही खड़ी थी।

"पहले हाथ मुंह धो लो, फिर चाय पीते हुए बात करेंगे।" मैंने उसे स्नानगृह में भेज दिया। फिर पिताजी के पास पहुंची।

"यह इन्दु कौन है?" मेरा कोतूहल बढ़ रहा था।

"अभी तुमने ही कहा कि बहन जैसी!" पिताजी ने मुस्कराकर कहा।

"लेकिन अब तक क्यों नहीं जानती थी?"

"हां!" पिताजी ने ऊपर की ओर देखा और गहरी सांस ली। बोले, "इन्दु की मां चल बसी। लड़की अपने को अनाथ न महसूस करे, यह सोचकर उसे यहां ले आया।" पिताजी की यह बात मेरे लिए पहेली के समान थी। मैंने और कुछ जानना चाहा, तभी पिताजी ने सहजता से पूछा, "तुम्हारी मां कहां है?"

"मंदिर गई है।"

"मतलब एक घंटा लग सकता है, आने में!"

पिताजी ने अपने आप से कहा और चले गए। यह कहा जा सकता है कि पिताजी मेरे सामने से हट गए।

बेचारी! बिन मां की बेटी! इस प्रकार असहाय होकर किसी के घर आई है तो एक प्रकार के दुख के सिवा और क्या हो सकता है! इसलिए इन्दु के चेहरे पर एक दर्द-भरी रेखा दिखाई पड़ रही थी।

इन्दु जब स्नानघर से बाहर आई तो अपने चेहरे को रुमाल से पोंछते हुए, डरी-सी इधर-उधर देखने लगी, यह देखकर उसके प्रति मेरे मन में करूणा जगी। यह डर सहज है, मैं सोच रही थी। तभी उसने पूछा, "पिताजी कहां गए?"

इस प्रश्न से मैं आहत हुई।

"पिताजी...कौन?"

"वही जो मेरे साथ आए थे!"

"वे तुम्हारे पिताजी हैं?"

"जी हां!"

मैंने आश्चर्य से उसका चेहरा देखा। मगर वहां कोई कुटिलता नहीं थी।

तभी से मेरे मन में अच्छे-बुरे विचार आने लगे। पिताजी के सामने आकर खड़े होने के बावजूद मुझे उनकी आकृति अस्पष्ट-सी लगी।

"पद्मा, इन्दु को कुछ नाश्ता दो।"

"जी हां," मैंने रूखेपन से कहा। पिताजी के ऐसे साहस पर मैं हैरान थी।

ठीक इसी प्रकार की संदिग्धता इन्दु को भी कचोट रही होगी। क्योंकि उसने भी पिताजी के गले से लगकर यह सवाल पूछा था-

"पिताजी, ये लोग कौन हैं?"

"यह है पद्मा! समझ लो कि यह तुम्हारी बड़ी बहन है। अब और बातें न करो। अब तुम नाश्ता करके कुछ देर के लिए सो जाओ। फिर सब कुछ बताऊंगा। मगर एक बात तो सच है, तुमसे और मुझसे इन घरवालों को बहुत प्यार है, गर्व है।"

फिलहाल, पिताजी ने बड़ी अक्लमंदी से हालात को संभाल लिया था, मगर और कितने वक्त तक ऐसा चलने वाला था? अभी घंटे भर के अन्दर ही पिताजी का वास्तविक चेहरा सामने आ जाए तो भी कोई अचरज नहीं।

सिर उठाकर देखा पिताजी खड़े थे।

"क्या इन्दु सो गई।"

"जी हां।"

"ठीक है।" लगा, पिताजी न बैठ पा रहे थे खड़े रह पा रहे थे। वे बेहद बेचैन थे।

अपराध की भावना जब लगातार मस्तिष्क को कुरेदती है, तब शान्ति कैसे संभव है!

"पद्मा!"

"जी?"

"एक बात तुम्हें बताना चाहता हूं। यह इन्दु भी तुम्हारे समान ही बेटी है।" मैं सोच रही थी कि इन्दु को मैंने कहीं देखा है। अब यह बात तुरन्त स्पष्ट हो गई। अगर पिताजी अपनी मूंछें साफ कर लें तो इन्दु का चेहरा भी वैसा ही लगेगा।

"आज से इन्दु भी हमारे घर में ही रहेगी। मुझे मालूम है कि इससे तुम्हें और तुम्हारी मां को तकलीफ होगी। इसके बावजूद मैं इसे यहां पर ले आया हूं। जब-तक मैं जीवित हूं, इसे और कहीं छोड़ना मुझे उचित नहीं लगा।"

मैंने पिताजी का चेहरा देखा। उनपर वेदना की छाप थी। यह तो सच था कि इन्दु के इस घर में आने से यहां की सुख-शांति खत्म हो गई थी। कम-से-कम मुझे इसके बारे में मुझे कोई संदेह नहीं था।

मन लगातार चीख रहा था। हाय, उस बेटी के सामने जिसने यौवन में पांव रखा था, पिताजी ने कितनी सहजता से सच कह डाला था! उसके सामने वह बहुत क्षुद्र लग रहे थे, कितने व्यक्तित्वहीन हो गए थे, इसका उन्हें ख्याल नहीं था।

मैं उदास होकर बैठ गई। अब न जाने घर के लोगों को किन-किन बातों का सामना करना पड़ेगा। अचानक मुझे अपनी मां की चिन्ता होने लगी।

बचपन से लेकर बीस साल तक मैं पिताजी के साथ बड़ी होती रही। मगर पिताजी के अन्दर एक धूर्त छिपा बैठा है, इसका अहसास तक मुझे नहीं हुआ था।

भगवान को दानव होने में देर नहीं लगती, पिताजी के नव अवतार से इस बात का एहसास हो गया। कुछ भी हो, पिताजी को मां के साथ इस प्रकार का अन्याय नहीं करना चाहिए था।

जब मां मंदिर से लौटेगी तो पिताजी के चेहरे को देखते की सब कुछ जान लेगी- एक पल में। वह इस हलाहल का सामना कैसे करेगी? उसे पहले ही रक्तचाप की बीमारी है। ऐसी दशा में पिताजी का इस प्रकार का बर्ताव क्या मां के स्वास्थ्य के लिए ठीक होगा? पत्नी के साथ ऐसा दुर्व्यवहार करने वाले पिताजी, अपना समर्थन कैसे करेंगे? इन्दु को यहां लाने का परिणाम क्या हो सकता है, इस बात की चिन्ता पिताजी की समझ में क्यों नहीं आई, यही अचरज की बात है! इन्दु को इस तरह अचानक लाकर घर में उथल-पुथल मचाने की बात पिताजी को किसने कही होगी? घर की पवित्रता को नष्ट करके उसे फिर से ठीक करने का कोई समाधान पिताजी के पास है?

मां पिताजी की निन्दा करेगी, चीखेगी-रोएगी, पागल की तरह सिर पीटकर जमीन में लोटेगी-तब पिताजी की क्या प्रतिक्रिया होगी? 'मैं इस घर का मालिक हूं, तुम दोनों अपना मुंह बन्द रखो', शायद ऐसा कहकर पिताजी अपनी प्रभुता दिखाना चाहेंगे?

परेशानी तो इन्दु को भी होगी। अब तो वह इतनी छोटी भी नहीं है। सब

कुछ समझने की उसकी भी उम्र हो गई है। इधर उसकी मां के साथ पिताजी ने गृहस्थी बसाई, इधर वे एक दूसरी औरत के साथ भी गृहस्थी बसाए हुए हैं; क्या उसे खटकेगा नहीं?

मेरे हृदय में जैसे भूचाल आ गया था।

कुछ आहट हुई। मैं हड़बड़ाकर रसोईघर में आई। अरे, मां कब आ गईं थीं, मुझे पता ही नहीं चला! मैं ऊंघ रही थी क्या?

"मां!"

"अरे! आओ....आओ।" मां खुश दिख रहीं थीं, "खाना तैयार है। थाली लगाओ और पिताजी को बुलाओ। इन्दु को भी जगाओ। बेचारी! चार दिनों से उसने ठीक से खाना भी नहीं खाया होगा।"

मैं हैरान-सी मां का चेहरा देखने लगी, तो मां को किसी बात का पता ही नहीं है क्या; या हलाहल को पचाने की शक्ति मां में है? मां को इतना निश्चिंत देखकर सोचने लगी, पिताजी ने उसे किस तरह से विश्वास दिलाया होगा?

"मां, यह इन्दु..."

"मुझे सब मालूम है।"

"तुम्हें क्या पता है?" मेरे हठ से मां की छिपी व्यथा उभर आई होगी। उसकी आंखों में आंसू की एक बूंद छलक आई।

"देखो, एक बात समझ लो," मां मेरा हाथ पकड़कर कहने लगी, "किसी भी तरह, मुझे या तुम्हें उस बेचारी लड़की तथा तुम्हारे पिता को दुखी करने का अधिकार नहीं है।"

"क्यों नहीं है?" मेरा शरीर क्रोध से जलने लगा, "पिताजी के ऐसे अत्याचार को मैं...."

"चुप!" मां ने होंठों पर अंगुली रख दी।

आक्रोश में मैंने कहा, "नहीं, मैं पिताजी को माफ नहीं कर सकती। पिताजी ने तुम्हारा अपमान किया है।"

"नहीं, सोच-समझकर बोलना चाहिए।" मां शांत भाव से कह रही थी, "जिनके आश्रय में हमारी सुरक्षा है, उसके बारे में इस प्रकार..."

"क्यों बोलना नहीं चाहिए, मुझे अधिकार है।"

"वही अधिकार इन्दु को भी है।"

"उसका अधिकार बाद में.. मैं पिता की ज्येष्ठ पुत्री हूं। तुम्हारा पिताजी

के साथ अग्नि के सामने विवाह हुआ है। दुनिया हमें सम्मान से देखती है। मगर इन्दु को... उसके अधिकार की स्वीकृति कहां है?"

"तो यह बात है!" मां बड़ी पीड़ा से बोली।

फिर सजग होकर मेरे चेहरे को देखती हुई बोली, "अगर मैं कहूं कि तुम उनकी बेटी ही नहीं हो, तो?"

"ओह!" मां की बातों में तलवार से भी ज्यादा धार थी। मैं सिर से पांव तक कांप उठी।

"मैं किसी युवक पर मोहित हो गई थी। वह लड़का हमारे घर आता-जाता था। उसे मिलने-जुलने से किसी ने मना नहीं किया। मगर अंतिम क्षणों में वह भाग निकला। फिर पता चला कि उसका चरित्र ठीक नहीं था। पुलिस उसे ढूंढ रही थी। एक दिन किसी दंगे-फसाद में वह मारा भी गया।"

"तब ये कभी-कभी हमारे घर आते थे, पुराना परिचय था। और यह बहुत जल्द ही घरवालों के लिए प्रिय हो गए थे। उस समय बैंगलोर में यह अपनी पत्नी के साथ रहते थे।"

मैं काठ होकर बैठी रह गई।

मां ने कहा, "उस समय तुम मेरे गर्भ में थीं। मैं अपनी तकलीफ किससे कहती? तभी ये हमारे घर आए और मेरी मदद करने की बात कहीं। इन्होंने तो धोखा नहीं दिया। इनकी शादी के पांच-छह साल हो जाने के बाद भी सन्तान नहीं हुई थी। इन्होंने कहा था, 'मेरी किस्मत में संतान का भाग्य शायद नहीं लिखा है। अगर तुम मुझे अपना मान लोगी तो तुम्हारे पेट में जो बच्चा है, उसे ही मैं अपना समझ लूंगा।' इनकी उस बात को मानने के अलावा मेरे पास कोई और रास्ता नहीं था, कोई सहारा नहीं था।"

मां मेरे स्वाभिमान को इस तरह चूर कर देगी, इसकी मुझे उम्मीद नहीं थी। मैं बेजान हो गई। एक ही पल में फूला हुआ गुब्बारा जिस प्रकार पिचक जाता है, मैं भी वैसी ही हो गई। मेरे सारे अधिकार जैसे हवा में उड़ गए। मैं पिताजी की बेटी नहीं हूं, जब अपनी मां से इस बात का पता चल गया तो इस घर में मेरा स्थान ही क्या था?

"तुम्हारे पैदा होने के चार साल बाद इन्दु का जन्म हुआ था।"

अब मेरे लिए कुछ भी जानने का महत्त्व नहीं था। मुझे कोई भी रास्ता नजर नहीं आया। मैं उठ खड़ी हुई। अपने कमरे में चली गई। आईने के

सामने जाकर खड़ी हो गई। मेरे चेहरे पर पिताजी के चेहरे की कोई छाप हैं या नहीं, यह जानने की कोशिश की। नहीं मुझे तो मां का चेहरा ही मिला था।

तब किसी के आने की आहट हुई। चौंककर देखा तो सामने पिताजी खड़े थे।

"बेटी, तुम उदास क्यों हो?"

भला मैं क्या कह सकती थी!

पिताजी ने मेरे सिर पर हाथ फेरते हुए धीरे से कहा, "मां ने तुम्हारे मन को आघात पहुंचाया है न! यह पता चलते ही मैं यहां चला आया। तुम किसी भी तरह से इन्दु की उपेक्षा न करो इसलिए तो मां ने तुमसे ऐसा कहा, बस। उसकी बात में जरा भी सच्चाई नहीं है। तुम सचमुच मेरी बेटी हो।"

जैसे मैं स्वप्न में थी, इस तरह बड़बड़ाई। अब मुझे किसी की बात पर विश्वास नहीं था। उस वक्त मेरी हालत ऐसी ही थी।

"तुम्हारी मां इन्दु को अपनी बेटी मानने को तैयार है, तुम भी इन्दु को बहन मानकर देखो। क्या तुम्हें कभी इन्दु जैसी बहन की आवश्यकता महसूस नहीं हुई?"

पिताजी की बातें सच हों, मैं यही चाह रही थी। मुझे चुप कराने के लिए ही मां ने ऐसी बात कही होगी, हां, यह संभव था। जब पिताजी ने खुद कहा कि तुम मेरी अपनी बेटी हो, तो मुझे उनकी बात पर अविश्वास क्यों हो? अगर मैं उनकी अपनी बेटी नहीं होती तो पिताजी मुझसे इतना प्यार कैसे करते?

कुछ भी हो मैं तो ध्रुवान्तों के बीच पड़कर पूरी तरह से हिल गई थी। अब मेरे पास पहले जैसा गर्व, अभिमान, अधिकार कुछ भी नहीं था। पिताजी और माताजी की इच्छानुसार मुझे इन्दु के साथ नरमी से पेश आना चाहिए, इससे मुझे भी फायदा था।

मैं इन्दु के कमरे में गई, जहां वह सोई हुई थी। मगर वह सोई कहां, बैठी हुई थी। उसके चेहरे की ओर देखने का साहस मुझे नहीं हुआ। वह बहुत उदास थी।

"इन्दु, खाना खाने चलो।"

मैं उसके पास गई तो वह तुरन्त मुझसे परे हो गई। फिर मेरे हाथ को

जोर से पकड़कर बोली, "आप सब कौन हैं? आप सबने मिलकर मेरे पिताजी के साथ जरूर कुछ किया है, नहीं तो मेरी मां नहीं मरती!" उसकी जकड़ से मेरे हाथ में दर्द होने लगा।

हां, इतनी देर तक मैं अपने ही ढंग से सब सोच रही थी, मगर मुझसे भिन्न रूप से सोचने की शक्ति इन्दु को भी थी, यह विवेक मुझे पहले क्यों नहीं हुआ? अब सचमुच मुझे सहारे की जरूरत थी। मैं पीछे मुड़ी, वहां मां और पिताजी खड़े थे।

□□□

वेश

पहाड़ की चोटी पर बैठा निशुंभ सोचने लगा कि और कहां जाऊं? दंडकारण्य कई योजन तक व्याप्त है और इस दंडकारण्य में कई राक्षस जातियां हैं। सीमा बढ़ाने के लिए या स्त्री-पुरुषों के मोह के कारण से या शासन करने की इच्छा से किसी न किसी के मामले में उन जातियों में लड़ाई अक्सर होती रहती है। ऐसे ही आक्रमण में निशुंभ के पिता की मृत्यु हो गई थी। बड़ा भाई शुंभ इधर चार-पांच सालों से दिखाई नहीं पड़ रहा था, इसलिए निशुंभ इस निष्कर्ष पर पहुंचा था कि अन्य जातियों ने उसे कैद कर दिया या मार कर खा लिया होगा। उसने सोचा कि मेरे पास काफी ताकत नहीं है, किसी का सहारा भी नहीं है, अगर मैं ऐसा ही रहूं तो एक न एक दिन ये सब मिलकर मुझे भी खत्म कर देंगे, इसमें कोई शंका नहीं हैं

उसे एक आशा थी। उसने सुन रखा था कि इस वन, पहाड़ और नदी के पार एक विशाल नागरिक शासन है, राज्य है। कहते हैं कि वहां सब तरह के सुख है, शांति है और समृद्धि है। वहां ऐसा शासन है कि लोग ही राज करते हैं। मगर इस वन में यह नहीं है। वन में तो एक ही कानून है। वह यह है कि बलवान कमजोरों को मारते हैं और कहते हैं कि कमजोरों को जीने का अधिकार नहीं है। इसकी संभावना भी है कि अपने दल में जो बूढ़े, बच्चे और औरत है, उनकी रक्षा करने में अपनी ही बलि हो जाए। वन के इस कानून में बलि होने के लिए निशुंभ तैयार नहीं था। एक दिन उसे पता चला कि दूसरे समूह से उसे खतरा है तो वह तुरंत दौड़ चला।

ऐसे ही एक दिन पहाड़ी के ढलान में नीचे घाटी में जगमग करती द्वीपों की रोशनी उसे दिखाई पड़ी। वहां जो नागरिक बस्ती थी, उसकी ओर वह आकर्षित हुआ। वहां एक दूसरा ही माहौल था। उसे देखकर उसकी खुशी की सीमा नहीं रही। ये नागरिक सुसंस्कृत हैं, संयमी हैं, सभी मिलजुलकर रहने वाले हैं। उसने सोचा, हमारे जैसे दूसरों को मारकर उन्हें कच्चा ही

खाने वाले राक्षस तो नहीं हैं। उसमें यह प्रबल इच्छा हो गई थी कि किसी तरह इन नागरिकों के साथ मिल-जुलकर इनकी तरह जीवन गुजारूं।

निशुंभ को देख लोग यकायक घबरा गए। उन्हें कुछ नहीं सूझा। राक्षस का पर्वत जैसा शरीर, लाल-लाल आंखें मुंह से बाहर निकले दांत और भयानक लग रहे नाखून। देखकर लोग दंग रह गए सभी ओर हाहाकार मच गया।

निशुंभ ने दैन्यता से कहा, "मैं जाति से राक्षस हूं, मगर दिल से वैसा नहीं हूं। मैं आपके साथ रहकर जीना चाहता हूं, इसलिए आया हूं।" लोगों को उसकी आवाज़ मेघ-गर्जन के समान लगी, वे और ज्यादा डर गए। निशुंभ उनसे मुलाकात के लिए खड़ा रहा। लोग इधर-उधर ऐसे छिप गए कि कोई उन्हें देख न पाए। उसे एक क्षण के लिए निराशा हुई। वह किसी के सामने अपना सुख-दुख कहने के लिए लालायित था। इसलिए उसने उन लोगों की भावना की ओर ध्यान नहीं दिया, जो छिपे थे।

जब उसने नगर में प्रवेश किया तो गली के कुत्ते उसे देखकर कर्कशता से भौंकने लगे। लोगों ने सोचा कि आज कुत्ते ऐसा क्यों भौंक रहे हैं? वे दरवाजा खोलकर बाहर आए और गली के बीच एकाकार में खड़े राक्षस को देखा। वे 'हाय-हाय' करने लगे और तुरन्त घर के अंदर जाकर दरवाजे बंद कर लिए।

निशुंभ वैसा ही चल पड़ा। मकान, बाग, सड़कें और वाहन उसे खूब आकर्षित कर रहे थे। सब कुछ अनोखा लगा। उसने सोचा कि ये नागरिक सचमुच अक्लमंद हैं, अपने सुख के लिए क्या कुछ कर लिया है इन्होंने और वह भी कितनी खूबसूरती से। तभी उसे कई तरह की आवाज़ें सुनाई पड़ीं। सड़क पर एक वाहन तुरन्त आकर रुका और उसमें से एक ही तरह की वर्दी लोग धड़-धड़ उतरकर पंक्तिबद्ध खड़े हो गए। ये सब कौन हैं? निशुंभ ने कोतूहल से इधर-उधर देखा-मकानों के ऊपर भी जनसागर था। सभी के हाथ में पत्थर और लाठियां थीं। वे सब मिलकर एक साथ चीखते-चिल्लाते हुए हाथ लगी चीजों से प्रहार कर रहे थे। नीचे से भी 'डम-डम' की आवाजें हुईं और अगले ही क्षण चीटियों के काटने का सा दर्द हुआ, उसकी जलन से निशुंभ कांपा। उस प्रतिरोध से उस पर कुछ असर नहीं हुआ मगर उसे लगा कि कोई भी उसका स्वागत नहीं कर रहा। उसने सोचा कि अगर मैं चाहूं तो एक दो बार हाथ फैलाकर उन्हें मौत के

घाट उतार सकता हूं, मगर उसने अपने क्रोध को दबा लिया। मैं खुद ही नागरिको के बीच रहने की आशा से आया हूं, अब सहिष्णुता को बनाए रखने में ही भलाई है, ये सोचकर वह पीछे हटा और नगर के बाहर की पहाड़ियों में जाकर एक गुफा में छिपकर बैठ गया। उसे नहीं सूझा कि इन लोगों का प्यार कैसे पाया जा सकता है, जो उसे देखते ही उसकी उपेक्षा करते हैं।

इसी प्रकार रात हो गई।

दिनभर उसका मन उद्विग्न रहा। यह लोग मुझे अपना सकें, इसके लिए क्या किया जाए? इसके बारे में सोच-सोचकर वह थक गया था। दूसरे दिन वह नगर की सीमा पर फिर आया। नगर में शायद त्योहार था। चारों ओर दीपों से सजावट की गई थी। बंदनावार की मालाओं से सारे नगर को अलंकृत किया गया था। पालकी में भगवान की मूर्ति को बैठाकर जुलूस बढ़ रहा था। उसके आगे अलंकृत हाथी था।

निशुंभ ने अलंकृत हाथी को बड़ी-बड़ी आंखों से देखा।

चारों ओर सैकड़ों लोग थे मगर उनको हाथी का भय नहीं था, यह देखकर उसे आश्चर्य हुआ। कुछ लोग हाथी को ही केले, गुड़ और चावल खिला रहे थे। उसके पास खड़े होकर तस्वीर ले रहे हैं। उसे छूकर आनन्द उठा रहें हैं। उसके साथ ही निर्भयता और खुशी से आ रहे हैं। इतने विशाल जानवर को लोगों ने अपनाया है। उसे आश्चर्य हुआ और अगले ही पल खुशी भी हुई।

वह जहां खड़ा था, वहीं सिर हिलाया। उसे लगा कि अगर मैं अपने इस राक्षस देह का त्याग कर दूं तो लोग मेरा भी स्वागत करेंगे। अपने में जो कामरूप छिपा था, उस शक्ति के बल से वह तुरंत एक हाथी के रूप में परिवर्तित हो गया। अब लोग मेरा आदर करेंगे, इस वहम में उस जुलूस में शामिल होने के लिए उधर चल पड़ा।

यकायक एक जंगली जानवर को नगर में देख जुलूस में खलबली मच गई और लोग इधर-उधर बिखर गए। दीये भी बुझ गए। सिर्फ हाहाकार ही सुनाई पड़ा। निशुंभ ने शोरगुल देखा और सूंड उठाकर चिंघाड़ मारी, "मैं किसी का अहित नहीं करता, मैं तो आपके साथ जीने के लिए आया हूं" मगर भीड़ दौड़ पड़ी। उसे परेशानी हुई। इन्हें कैसे समझाया जाए, इसी चिंता में था, तभी जुलूस के सामने जो आश्रम का हाथी खड़ा था, वह उसके

सामने खड़ा हो गया। आश्रम के हाथी का गर्व देखकर उसे सहज ही क्रोध आ गया और यकायक वह महावत को नीचे गिराकर अंधकार में कहीं भाग गया।

तब-तक पुलिस आ गई। लोगों के हाथों में जलती मशाले थीं। उन्होंने जंगली हाथी को डराने की कोशिश की। मगर वह नहीं डरा। उसे दुख हुआ कि लोगों को उसका यह नया रूप भी अच्छा नहीं लगा। वह पीछे हटकर नगर के पार पहाड़ की गुफा में जाकर छिप गया।

उसके बाद भी लोगों के साथ मिलजुलकर रहने की इच्छा को वह रोक न सका।

एक दिन उसने सोचा कि अगर मैं सांड बन जाऊं तो लोग मुझे अपनाएंगे, यह सोचकर तुरंत उसने सांड का रूप धारण कर लिया।

वह सांड साधु के समान था और चार-पांच दिन अकेला नगर में भटकता-घूमता रहा। कोई उसे केले दे देता था तो कोई नारियल। नगर के पास मैदान में जो हरी घास उगी थी, उसे अच्छी लगी। नदी में स्वच्छ जल था , उसे पीकर निशुंभ को थोड़ी-सी तसल्ली हुई कि किसी ने उसे जो सांड के रूप में था- दूर नहीं भगाया। मगर कुछ लोगों के मन में उसे हड़पने की इच्छा जगी। और उन्होंने चार मजदूरों के साथ आकर निशुंभ को रस्सी से बांधा। वह चुप रहा। जब उसे खींचकर ले जाया गया तो भी वह शांति से चल पड़ा। कुछ दूर पर सांडों के पैरों में रस्सी बांधकर उन्हें नीचे गिराया जाता था और सांडों के संतान बीज को नष्ट कर उसे बैल बनाया जाता था। जब यह बात समझ में आई तो निशुंभ घबरा गया। उसने तुरंत शरीर को एक बार झटकाया। देखते-देखते सब रस्सियां और मजदूर दूर जाकर गिर पड़े। नागरिको का इस प्रकार से अमानुषी बर्ताव देखकर वह दंग रह गया था।

अब उसके सामने कई सवाल थे। मसलन और कौन सा अवतार लूं जिससे मैं मानवों के साथ सुखपूर्वक जीवन व्यतीत कर सकूं?

निशुंभ इसी चिंता में था, तभी उसे दूर जाते हुए एक देहाती दिखाई पड़ा। उसे तुरंत लगा कि मैं तो मानव के साथ जीना चाहता हूं, मगर मैंने तो अभी तक मानव का रूप पाया ही नहीं है। उसने तुरंत उस देहाती का रूप धारण कर लिया।

निशुंभ आदमी तो बन गया, मगर जब भूख लगी तो किसी ने बुलाकर

खाना नहीं दिया। 'कुछ तो खाना दीजिए' वह कहता तो लोग धमकी देते। आश्रम के फलों को तोड़ने जाता तो यह कहते कि यह हमारा है और उसे दूर हटा देते। 'देखने में तो बड़े बलवान लगते हो, कमाके खाओ' कहकर व्यंग्य बरसाते थे। निशुंभ कमाने के लिए खेत गया, मजदूरी की। हमाली का काम किया, मगर किसी ने मजदूरी के पूरे पैसे नही दिए और उतने कम पैसों में उसका पेट भर नहीं सका। लोग उससे मुफ्त में काम लेते थे।

जब निशुंभ ने इसका विरोध किया तो उस पर चोरी का इल्जाम लगाया गया। पुलिस आई और उसे कैद कर जेल में कैद कर जेल में ठूंस दिया गया।

एक सप्ताह के बाद निशुंभ जेल से बाहर आया।

वहां एक जगह पर एक बड़ी सभा जमी हुई थी। सैकड़ों लोग जय-जयकार कर रहे थे। विशाल मंच पर एक राजनेता खड़ा था और माईक पर कह रहा था-"बंधुओं, आपके लिए मेरा यह जीवन समर्पित है। आपकी भलाई के लिए में तन, मन और धन से काम करता हूं। मेरा जन्म इसलिए हुआ कि मैं आपकी सेवा कर सकूं। जब-तक मेरी अंतिम सांस रहेगी तब-तक... राजनेता कई तरह के भरोसे देकर लोगों को पागल बना रहा था।"

मैं भी अगर इस राजनेता के समान बन जाऊं तो.... यह इच्छा निशुंभ में पैदा हो गई। मगर पहले के समान उसने जल्दबाजी नहीं की। उसने बड़ी ही सावधानी से इंतजार किया और जब राजनेता फुरसत में था, मौका पाकर उसके सामने हाजिर हो गया। पर यह क्या? राजनेता ने आश्चर्य से कहा, "अरे! निशुंभ, तुम यहां, और उसने आकर उसे गले लगा लिया।" निशुंभ दंग रह गया। उसने उस राजनेता को देखा जिसने उसकी पहचान की और उसे गले लगाया था। वह वैसा ही खड़ा रह गया। तब राजनेता ने हंसते हुए कहा, "क्यों? मुझे नहीं पहचाना? मैं तुम्हारा बड़ा भाई शुंभ हूं।" यह सुनकर निशुंभ को अतीव आनंद हुआ।

बाद में राजनेता शुंभ ने छोटे भाई को एक ओर बिठा लिया और उसकी सारी मुश्किलों की जानकारी ली। उसकी कहानी सुनकर उसे उस पर करुणा जागी। उसने उसकी पीठ पर हाथ फेरते हुए मीठी वाणी में कहा, "देखो, इस नागरिक राज्य में, उसमें भी लोकतंत्र शासन में हमारे जैसे लोग सुख से जीना चाहें तो दूसरा कोई भी वेश ठीक नहीं होता। गरीब, अमीर या अफसर ऐसा कोई भी वेश धारण करने पर भी शोषण का खतरा रहता

ही है। मगर वहीं इस राजनेता के वेश में रहें तो उसकी बात ही निराली है। यहां जो भी कानून है सब हमारे संरक्षण के लिए ही है.....।"

निशुंभ तन्मय होकर सुनता रहा। शुंभ ने अपनी बात जारी रखी, "यहां पर सदा सरकार बदलती रहती है, मगर यहां पर दल-बदल की सुविधा है, इसलिए यहां किसी भी सरकार के आने पर भी हमें चिंता नहीं है। बड़ी बात तो यह है कि यहां के लोगों में जो क्षमागुण हैं वह असाधारण हैं। यहां के कानून के लिए यह मनोभाव है कि जो भी अपराधी हो, उसे सुधारना है। इसलिए अपराधी को बच जाने को मौका अधिक है। संक्षेप में हम यहां निश्चिंतता से जी सकते हैं। इससे सुरक्षित वेश और दूसरा नहीं है।"

भाई शुंभ की बात सुन निशुंभ फूल गया। भाई की सलाह मान उसने भी उसी पल से नागरिक राज्य में शासन रूप त्यागकर राजनेता का रूप धारण कर लिया। शीघ्र ही वह भी शुंभ के समान लोकप्रिय राजनेता बना और उसने भी नाम के साथ-साथ कार, बंगला और चमचों को जुटा लिया। उसने दंडकारण्य से भी संबंध बनाए रखे। कभी-कभी हवाई जहाज और हैलिकाप्टरों से वह दंडकारण्य जाता और अपने रिश्तेदारों को बुला लाता और उन्हें भी राजनीति का शिक्षण देने लगा। और जब दंडकारण्य से राक्षसों का राजनीति से लगाव हो गया तो वे सभी जमकर यहीं रहने लगे।

दंडकारण्य त्यागकर राक्षस-लोग अभी दल समेत नागरिक राज्यों में प्रवेश कर राजनीति में प्रधान स्थानों को हड़प रहे हैं, यह शोर आजकल काफी सुनाई पड़ रहा है।

□□□

आकांक्षा

रोज़ की तरह रविवार शाम कहानीकार साहित्य-कुटीर की ओर चल पड़ा। उसके हाथ में एक छोटी कहानी की हस्तप्रति थी, जो उसने उस दोपहर को ही लिखी थी।

साहित्य कुटीर!

उस शहर में पिछले दस सालों से साहित्य प्रेमियों को अपनी ओर खींचने में सफल हुआ एक मंच है- प्रो. शिवानंदजी के घर की अटारी पर जो हॉल स्थित है, वह रविवार के दिन साहित्य कुटीर के रूप में बदल जाता है। घर शहर से दूर था और कई प्रकार के कोलाहल से भी दूर था।

शिवानंदजी ने उसके घर के आसपास नारियल के पेड़ उगाए थे। उन पेड़ों के बीच मन की तकलीफों को खोते हुए अटारी पर चढ़ने की जो क्रिया है, उससे संवेदनशील मन को बहुत खुशी होती थी। डॉ. प्रभु, सदाशिव, प्रो. शानुभाग आदि बुजुर्ग वहां आते थे, उनके साथ कई युवा साहित्यकार भी साहित्य सेवा में सम्मिलित ही थे। वहां नामी साहित्यकार थे, उदयोन्मुख थे, संवाद करने में कोतूहल दिखाने वाले थे। युवा साहित्यकारों को शाबाशी लेने की आतुरता . . . बुजुर्गों को उनकी रचना पढ़कर और सुनकर टिप्पणी करने की सहृदयता भी थी।

वहां हर रविवार नई किताबों का परिचय होता था, जो लेख लिखकर आते या कहानी, कविता, नाटक लिखकर आते, उन रचनाओं की शैली, तंत्र और सफलता के बारे में बहस होती थी। कुछ रचनाओं में थोड़ा सा सुधार किया जाता था तो उसके लेखक को संकोच करने का अवसर भी नहीं था।

उस दिन भी शाम छह बजे कार्यक्रम का आरम्भ हुआ। कहानीकार ने पहले ही फोन से बताया था कि वह एक कहानी लिखकर आया है, इसलिए उसे ही कहानी पढ़ने का मौका मिल गया।

कहानीकार ने बताया कि उसकी कहानी में एक कहानीकार आता है और उसने कहानी पढ़ी शुरू कर दी।

वह एक विशाल चारदीवारी थी जिसके अंदर कई घर थे।

एक घर में कहानीकार किराये पर था। उसने अभी-अभी एक नौकरी हासिल की थी। मन में कई इच्छाएं थीं, शौक़ था, उनके बीच कहानी लिखने का पागलपन भी शामिल हो गया था। उसने गुप्त रूप से आठ-दस पत्रिकाओं को जो कहानियां भेज दी थीं, वे सभी छप गई थीं और उसमें अब हिम्मत भी आ गई थी। अब पीछे हटने की आवश्यकता उसके सामने नहीं थी। उसके चेहरे पर हमेशा हंसी रहती थी।

हाल ही में उसके पड़ोस के घर में, जो खाली था, एक नया परिवार आया। उस घर में सिर्फ तीन लोग थे, माता-पिता और बेटी। वह लड़की कॉलेज जाने वाली थी तो बात यह हुई कि उसकी आँखें कहानीकार पर कहानीकार की आँखें उस पर और बाकी लोगों की आँखें उन दोनों पर लगी थी . . .।

वह लड़की- नाम है आरती, चंचल थी, ज्यादा बातें करती थी, ऐसा कहानीकार को लगा। फिर वह भी अपनी उम्र के अनुसार उसका सामीप्य चाहनेवाला ही था। उसके साथ गप्पे मारने के लिए समय निकाल लेता था। कभी-कभी उसे किताबें देता और उसकी लिखी हुई या लिखनेवाली कहानियों के बारे में चर्चा करता था। जब वह हैरान होकर बड़ी-बड़ी आँखें करती थी तो, तब उसके इस रूप पर वह मुग्ध भी हो जाता था।

एक दिन कहानीकार घर में अकेला था। उसके माता-पिता किसी शादी में एक दो दिन के लिए दूसरे गांव गए हुए थे। मगर उन दो दिन में उसे खुद खाना पकाने का मौका ही नहीं मिला, ऐसी व्यवस्था के लिए उसे आरती के घर से निमंत्रण मिला था। उस दिन वह यों ही टी.वी. देखने बैठा था।

एकाएक आरती आई। आकर उसके बगल में बैठ गई कि कोई संकोच उसे आड़े नहीं आया। कहानीकार का शरीर गरम होने लगा। उसके सामीप्य से, एकान्त में उसे ही देखने लगा तो उसने निश्चय किया कि आरती के समान दूसरी सुंदर लड़की इस संसार में ही नहीं हैं, अगर शादी करनी है तो इससे करूंगा, उसने मन में ठान ली। अपने मन में पसंद करते हुए उसे ही देखने लगा।

मगर आरती को उस पर ध्यान ही न था और ऐसा लगा कि वह पूर्ण रूप से टी.वी. देखने में खो गई है।

कहानीकार छटपटाते हुए बैठ गया।

कुछ देर के बाद वह एकाएक खड़ी हो गई। इशारे से बताया कि मैं जाऊंगी और उसकी ओर मुड़कर सिर हिलाया। सज्जनता से वह भी उठ खड़ा हुआ। दो कदम आगे आया, बस, वह इसी पल की प्रतीक्षा में थी। वह मुग्धता से मुस्कुराई, वह हड़बड़ाता इससे पहले ही उसने उसे अपने पास खींचा और उसके चेहरे को चूमा और जल्द की वहां से चली गई।

कहानीकार उसी नशे और भ्रम में देर तक खड़ा ही रहा।

आगे एक सप्ताह तक वह घर से बाहर नहीं आई। उसके सामने भी नहीं दिखाई पड़ी। कहानीकार तो उस गरम चुंबन के नशे में और उस देह के स्पर्श की कल्पना में डूब गया था। एक सप्ताह तक उसका दर्शन नहीं हुआ था, इस व्याकुलता से उन्माद से छटपटाया वह थक गया, क्लांत और शोकाकुल हुआ।

उसके बाद अपने आपको संभाला। शायद आदती अपराध-बोध में तड़ा रही होगी बेचारी। डर गई होगी, इस प्रकार तर्क किया। किसी प्रकार उससे मिलकर उसे सांत्वना की इच्छा हुई।

एक शाम वह आहते की दीवार से सटकर खड़ा था। तभी एकाएक वह उसके पास आई और "हेलो" कहा। वह फिर रोमांचित हुआ। उसका चेहरा देखा तो वहां वही नट-खट हंसी थी। उसे अचरज हुआ, मगर आरती में न तो संकोच था और न ही लज्जा थी, उसे ऐसा लगा।

"कहानीकारजी! मैंने जो चुंबन दिया उससे तुम व्यर्थ आकाश पर मत चढ़ों, मैंने तो सिर्फ थ्रिल के लिए यह चुंबन नहीं दिया, बल्कि इसलिए दिया कि तुम्हें कुछ दिन के लिए तड़पाऊं, यह मेरी इच्छा थी। इन सात दिनों में तुमने जो कुछ भी झेला, उसे देखकर मुझे हंसी आ रही है। ठीक है, अब मैं चलती हूं . . .।" उसने "टा-टा," कहा व्यंग्य की हंसी हंस दी और उसे बात करने का मौका दिए बिना चली गई।

वह कहानीकार के हृदय से भी दूर चली गई . . .।

अब कई दिनों के पश्चात् एक सुबह छह बजे कहानीकार को आरती का फोन आया। इस बीच कहानीकार और बढ़ गया। वह कहानीकार और उपन्यासकार के रूप में प्रसिद्धि पा गया। वह एक श्रेष्ठ वक्ता के रूप में भी जाना जाने लगा, इसलिए उसे आसपास की सभाओं से आमंत्रण भी मिलने लगा।

उसके अब हाईस्कूल में पढ़नेवाले दो बच्चे हैं, मनपसंद पत्नी है। उसने एक छोटा-सा मकान भी बनाया है। संक्षेप में उसकी शांति और सुख में कोई कमी नहीं है।

मगर आरती . . .?

फोन पर उसने कहा था, "मैंने जिन्दगी को बहुत ही हलके रूप में लिया। खुशी से दिन बिताए। मैंने चाहा था कि अपने फुरतीलेपन से दुनिया को चकित कर दूंगी, मगर जब यह मालूम हुआ कि वही दुनिया बदले की प्रतीक्षा में है, तब-तक बड़ी देर हो गई थी।

"पियक्कड़ पति का साथ, दो गर्भापात विच्छेदन, पड़ोसियों की व्यंग्य भरी बातें, पैसे की तंगी- इन सब से मैं हैरान हो गई हूं। मुझे अब भी जीना चाहिए, इस आशा के लिए अब मेरे पास एक भी कारण नहीं हैं, कोई भी सहारा नहीं है। मैं एक दरिद्र औरत हो गई हूं।"

"इसलिए मृत्यु को गले, लगाने से पहले, आखिरी पल में मुझे एक इच्छा सता रही है कि तुम्हें देखूं और तुमसे बातें करूं। इसलिए लज्जा त्यागकर तुमसे बातें कर रही हूं। तुम तो मुझे निराश नहीं करोगे ना? लो, यह मेरा पता . . .।"

कहानीकार जल्दी में लिखने को तैयार हुआ तो उस ओर से उसने बातें समाप्त कर दीं थीं। कहानीकार कुछ देर के लिए यों ही बैठ गया। आरती ने एकाएक बातें की थीं, इसलिए उसने, "हां-हां" कहा था। वह सोच भी नहीं सकता था कि उसकी जिन्दगी इतनी शोचनीय होगी, इसलिए व्यग्र हुआ।

उसने अपने हाथों अपनी जिन्दगी बरबाद की, पागल लड़की! कहानीकार दुखी हुआ। मगर उसकी समंझ में नहीं आया कि उसके पास जाकर उसे कैसे सांत्वना दी जाए? वह मृत्यु के सामने खड़ी थी, उसे कैसे फिर से जीने के लिए प्रेरित किया जा सकता है, यह बात भी समझ में नहीं आई। फिर भी उसकी प्रार्थना को स्वीकार कर उससे भेंट करने की ठान ली।

वह तुरंत चल पड़ा। वह गांव से दूर नहीं था। एक घण्टा सफर करने के बाद बस से उतर पड़ा। पता तो था, इसलिए उसके घर को ढूंढने में कोई तकलीफ भी नहीं हुई।

उसकी हालत देख कहानीकार दंग रह गया आरती इतनी बदल गई थी कि उसकी पहचान आसानी से नहीं होती थी। रंग बदला हुआ था। यौवन

बह चला था। वह लकड़ी के समान हो गई थी, मगर उसके चेहरे में सिर्फ दो आँखें चमक रही थीं और उसकी आवाज़ में अभी भी कोमलता थी।

कहानीकार बिना किसी स्वाभिमान के उसके सामने बैठ गया। उसने जो कॉफी दी पी। फिर खपरैल को, जिससे पानी टपकता था और दीवारों को जिससे मिट्टी गिरती थी, देखने लगा। चारों ओर सुस्ती ही सुस्ती थी। उसमें कुछ भी सरसता का भास नहीं लगा। ज़िंदगी से भरोसा ही चला गया था, उसे ऐसा लगा। उसके सामने से उसे यथाशीघ्र भागने की इच्छा हुई।

"कुछ तो बातें करो," वह गिड़गिड़ाई।

"मैं ठीक हूं, सफलता मेरे पैर चूम रही है। मेरी पत्नी मेरी अच्छी तरह देखभाल कर रही है," कहानीकार ने गर्व से कहा। मगर् बाद में लगा वह उसको चुभनेवाली बात है।

आरती में अपराध बोध की भावना उत्पन्न हो गई । वह सिर झुकाकर दीवार से सटकर एक तस्वीर के समान खड़ी थी। फिर उसने ही कहा, "तुमने तो सब कुछ निश्चय कर लिया है फिर मुझे क्यों बुलाया? तुमने जल्दी में ही ये सब कष्ट उठाए, अगर तुम समझती हो कि इसके लिए मेरे पास कोई क्षमादान है, तो यह तुम्हारी भूल है।"

कहानीकार को लगा अब उसने फिर कठोर बातें कह दीं। वह छटपटाया।

जब वह जाने लगा तो उसने कहा, "तुम सुख से ज़िंदगी बिता रहे हो, यह जानकर खुशी हुई।" उसकी आवाज़ कांप रही थी, आँखें आंसुओं से चमक रही थीं, "मेरी किस्मत मुझे ही झेलनी है। मेरे लिए किसी को दुखी होने की जरूरत नहीं है। मैंने अब तुम्हें इसलिए फोन किया कि .।"

कहानीकार ने उसका चेहरा देखा।

"यों ही मृत्यु का सामना करने के लिए मेरा मन नहीं मान रहा है।" वह जमीन देख रही थी, "उस दिन के समान तुम्हें और एक चुंबन देने की इच्छा हो रही है, मगर जबसे तम्हें देखा, साहस ही नहीं हो रहा है।"

जवाब में कहानीकार दरवाजे की तरफ मुड़ा। दूसरे दिन शाम को पता चला कि आरती ने आत्महत्या कर ली है।

"यही कहानी है," कहानीकार ने पृष्ठों को छोड़ते हुए जो सामने थे उनके चेहरे देखे, मगर कोई वशीभूत नहीं हुआ था, वह अधीर भी हुआ।

"कहानी अपने आप बिना रुके पढ़ी जा सकती है, ऐसा बहाव उसमें

है। कहानी में उत्सुकता भी है, भाषा में सरलता है। कहानी में अनावश्यक तंत्र नहीं है।" डॉ. प्रभु कह रहे थे, मगर एक बड़ा दोष है, कहानी में नायिका का नायक को चुंबन करना। यह हमारे आसपास कुछ असहज दिखता है।"

"ठीक है," शिवानन्दजी ने शानभाग की तरफ मुड़कर पूछा, "आप क्या कहना चाहते हैं?"

"लगता है कि कहानीकार कहानी को अपनी इच्छा के अनुसार ले गया है और यह भी लगता है कि कहानी का आरंभ, मध्य और अंत का भाग कहानीकार ने पहले ही तय कर लिया था और कहानी में कहानीकार आरती को मार डालने में ही सार्थकता पाता है, यह कहानी का एक प्रमुख दोष है। कहानी यहां पर हार जाती है।"

"यानी . . .अंत ठीक नहीं है, यही कहना चाहते हैं आप!"

"जी हां।"

तभी तुरन्त कहानीकार ने कहा, "कृपया यह बताएं कि कहानी का अंत किस प्रकार बदलने से उचित होगा, क्या आप रास्ता दिखाएंगे?"

"सोचना पड़ेगा," शानभाग ने कहा, "मार डालने मे कोई सार्थकता नहीं है। किसी भी तरह आरती को जीना चाहिए ऐसा करना है।"

"उसने पहले ही कह दिया है, जीने का कारण ही नहीं है, सहारा भी नहीं है, इतना कहने पर भी उसे कैसे जिन्दा किया जा सकता है?" कहानीकार ने अपनी मुश्किल बताई।

सभी सोच में पड़ गए, तभी शिवानंदजी ने एकाएक कहा, "लगता है, यहां हम एक प्रमुख बात को ही भूल बैठे हैं।" वे फिर सभी को कहानी की तरफ ले आए।

"कौन-सी बात?" कहानीकार उत्सुक था।

"वही . . . वह चुंबन . . . और एक चुंबन से कहानी में एक उचित अंत आ सकता है और उससे कहानीकार की दुर्बलता भी छिपाई जा सकती है।"

"कैसे! . . .कैसे . . .!" कहानीकार जल्दी में था।

शिवानंद ने कहानीकार को ही देखते हुए कहा, "आपकी कहानी का नायक यहां ठोकरें खाया है। वह आरती की बात को ठीक से समझ नहीं पाया है। शायद वह उससे एक चुंबन चाहती थी। वह चुंबन कितना गहरा

असर डाल सकता था। यानी . . .वह चुंबन उसके भावी जीवन के लिए एक निधि बन सकती थी, चेतना भर सकती थी। उसके सहारे वह जी सकती थी। नायक के एक चुंबन से वह अपनी मृत्यु की इच्छा से हट जाती और जीने की आकांक्षा बढ़ सकती थी।"

"ओह! यह बात मेरी समझ में ही नहीं आई।" कहानीकार ने सिर हिलाया और तुरंत खड़ा हुआ। उसने घड़ी देखी और कहा, "कृपया क्षमा करें , मेरे पास अब समय नहीं है, मुझे अभी जाना है।"

"अरे! यह क्या है।" सबने शोरगुल किया।

कहानीकार ने अब निश्चिंतता से कहा, "आज सुबह आरती ने मुझे फोन किया था। उससे ही मिलकर दोपहर को वापस आया, फिर लगा कि उसने मुझ पर जो भरोसा रखा था, उसपर मैंने ध्यान नहीं दिया, यह चिंता सताने लगी। शानभाग ने कहा था कि आरती को मार डालने में सार्थकता नही है। मार डालने का दोष मुझे न लगे, इसी चिंता से मैं भी तड़पा। आखिर सोचा कि समस्या को आपलोगों के सामने रख दूं और आप ही इसे सुलझायें और इसमें सफल भी हुआ। उसके चेहरे पर अब विजय की मुस्कान थी, "आरती अभी ज़िन्दा है, शायद आज की रात वह आत्महत्या करने की कोशिश करेगी, तब तक . . .मेरी उपेक्षा से वह अपनी ज़िन्दगी खत्म कर ले, इससे पहले ही मुझे उसके पास जाना चाहिए।"

दूसरे ही क्षण कहानीकार सीढ़ियों से उतरकर रिक्शे पर बैठ गया। रिक्शा स्टेशन की ओर चल पड़ा।

□□□

अंतरंग

गर्मी बहुत थीं, आँखें चुभती थीं, इससे बचने के लिए तुरंत कुछ करना लाजमी था। एक ने सलाह दी कि हैट पहन लो, दूसरे ने कहा कि काला ऐनक पहनो, दूसरे की बात से मुरली खुश था। देरी करने पर पैसे के मामले में मन विचलित हो जाएगा, इस डर से पड़ोसी भास्कर से कुछ पैसे उधार लिए और साइकिल पर चढ़कर ऑफिस की ओर चल पड़ा। रास्ते में मोहन ऑप्टिकल नजर आया।

वह दुकान नगर भर में नामी थी। साथ ही उस दुकान के मालिक से कुछ जान-पहचान भी थी। मुरली साइकिल से उतर पड़ा और साइकिल को बिजली के खंभे के साथ सटाकर खड़ा किया। फिर दुकान की सीढ़ियां चढ़ने लगा। सुबह की गर्मी ज्यादा थी, वह ज्यादा थक गया था। पसीना पोंछता हुआ, सिगरेट पीता हुआ मोहन सामने आया। उसे नमस्कार करते ही मुरली ने कहा "एक अच्छा सा कूलिंग ग्लास दिखाइए।"

अभी दस भी नहीं बजे थे। मोहन को जल्दी थी, उसे एक काम पर ध्यान देना पड़ा था, वह अपने छोटे भाई की प्रतीक्षा में खड़ा था, जो आलसी था। उसे इतनी जल्दी ग्राहक के चेहरे को देखने की इच्छा नहीं थी। मुरली को एक बार उदासीनता की दृष्टि से देखा। उसके कपड़े स्त्री नहीं किए गए थे।

मोहन ने पलक झपकते ही उसकी योग्यता का अंदाजा लगाया। धीरे-धीरे उसके चेहरे पर एक मुस्कान दौड़ पड़ी।

"आइए, आइए, आपको किस कीमत की ऐनक चाहिए? हमारी दुकान में छह सौ से लेकर छह हजार रुपयों तक की कीमती ऐनकें हैं" उसके स्वर में कृतिमता थी, "यह देखिए, यह माल कल ही आया है, बढ़िया है और कीमत भी ज्यादा नहीं है, सिर्फ नौ सौ रुपये।"

मोहन ने जगमगाती कूलिंग ग्लास को नरम कपड़े से साफ किया, उसे अपने हाथ से मुरली की नाक पर चढ़ाया, वाह! क्या बात है, यह आपके

चेहरे पर खूब जचती है।" उसकी आवाज़ में नित्य की प्रशंसा थी।

जब ऐनक आँख पर चढ़ी तो मुरली को झटका-सा लगा। यह कैसी अनोखी ऐनक है। आँखों के लिए अच्छी तो है ही, मगर लगता है कि इसमें कुछ और नया ग्रहण करने की शक्ति भी है। मुरली ने सामने खड़े मोहन के चेहरे को ही गौर से देखा। वाह! कैसा चमत्कार। सामनेवाले के मन की बातों को जानने की शक्ति उसे यकायक मिल गई है। यह मोहन कैसा लफंगा है- मन में सोच रहा कि मैं इसे क्या खरीद सकूंगा।

मुरली ने तुरंत ऐनक आंखों पर से निकाल ली। नहीं-नहीं, अब मैं इसके अंतरंग की बातों को पढ़ नहीं सकता।

फिर उसने ऐनक पहन ली ।

"क्या मुफ्त में ऐनक चढ़ाकर ऐश करने की सोच रहा है? पहलें यहां से निकल जाओ। नहीं तो मैं... मैं..." मोहन का मन बड़बड़ाया , इसे जानकर मुरली चौंक पड़ा।

'ऐसी बात है, ठहरो, अब मैं तुम्हारे रहस्यों का पर्दाफाश कर देता हूं' उसने सोचा। इस सोच के साथ ही उसका चेहरा गंभीर हो गया। मुरली ने दोनों हाथों को टेबल पर रखकर मोहन क चेहरे को निर्भयता से देखा और कहा, "अगर आपको फुरसत न हो तो छोड़िए। आप चाहें तो जा सकते हैं। आपकी प्रियतमा से मिलने के लिए मन छटपटा रहा है न?"

मोहन चौंक पड़ा। इसे अपने मन की बात कैसे मालूम हुई, समझ में नहीं आया।

"यह क्या बकवास है।" मोहन चीखा। अब आपको सौदे की चिंता नहीं है, बल्कि अपनी प्रियतमा से मिलने की आतुरता है।"

"क्या?"

"आपकी मौज की बात मुझे कैसे पता चली, यह छोड़ दें। फिलहाल सोचेंगे- आपके इस नाजायज रिश्ते की बात। अगर आपके प्रियतमा के पति और आपकी पत्नी को पता चल जाए यानी मैं इसकी खबर उन्हें दे दूं तो मुझे कोई मुनाफा हो सकता है न?"

मुरली के दावे से मोहन जर्जरित हो उठा। उसका खून जो गर्म हुआ था, उछन नहीं पाया। उसका पैसे और यौवन का गर्व कुछ काम नहीं आया।

"अभी-अभी तुमने मन में सोचा की मेरी किस्मत अच्छी थी, दुकान में कोई नहीं है। मेरी बात ठीक है न? मुरली ने मुस्कान भरते हुए कहा।

मोहन और भी कांप उठा। वह हांफने लगा। उसकी पीट की हड्डी से पसीना टपकने लगा।"

"बैठिए सर" अब तो झुकने के सिवा कोई रास्ता नहीं था।

"कृपया ये सब किसी से न कहें, सर। मेरी इज्जत बर्बाद न करें। मैं आपके छोटे भाई के समान हूं" मोहन हद से ज्यादा विनीत हो गया।

"यह धंधा कब से चल रहा है?"

"छह महीने हुए सर-बस" मुरली आगे नहीं बोल पाया। मोहन ने अंतरंग पर दृष्टि डाली तो सत्य सामने आया, अरे तुम मुझसे झूठ बोल रहे हो? मैं तेरे मन को पुस्तक की भांति आसानी से पढ़ सकता हूं, यह बात तुम्हें मालूम है। फिर भी तुम नाटक कर रहे हो? तुम्हारा उससे रिश्ता कॉलेज के दिनों से ही है न?"

"जी" मोहन ने सिर झुकाया।

"आप सब क्यों ऐसी आदतों पर उतर जाते हैं? घर में बीवी के रहते हुए भी..."

"क्या करें सर? प्यार की बात ही कुछ ऐसी है-आप भी मर्द हैं। मर्द की चपलता को समझ सकते हैं..." मोहन हाथ मलते हुए पराजय की भांवना से हंसा तो मुरली को उस पर दया आई।

"अच्छा, अब मैं चलता हूं। भविष्य में तो ऐसी आदतों पर अंकुश लगाओ....." मुरली उठकर दुकान से चल दिया। उसने ऐनक का दाम नहीं चुकाया। तथापि मोहन को इस बात से अधिक खुशी हुई कि चलो, इससे तो छुटकारा मिल गया।

"अचानक मिली अपूर्व वस्तु को देखकर मुरली चकित हुआ था। मोहन को नौ सौ रुपये भी नहीं देने पड़े थे। इससे भी मन उल्लसित हुआ था। यह कैसे संभव हो सका, विश्वास करना ही कठिन था। ऐनक में ऐसी कौन सी विशेषता समा गई है? और वह भी उस पेटी में कैसे आकर शामिल हुआ? मोहन को यह ऐनक मुझे ही देना था.... जो भी हो, किस्मत हो तो ऐसी. .. सब कुछ सरल लग रहा है। अब इसके सहारे सबके अंतरंग पर धावा बोलकर जितना चाहे कमा सकता हूं उसने सोचा और इस सोच के साथ ही खुशी से झूम उठा।

"ऑफिस मे पहुंचते ही याद आया कि कल उसने हेडक्लर्क के पास छुट्टी का आवेदन भेज दिया था, वह डरते हुए उसके सामने विनीत होकर

चुपचाप खड़ा हो गया। भूपति ने सिर ऊपर उठाया। मुरली ने धीरे से जेब से ऐनक निकालकर आंखों पर चढ़ाया और कहा, "सर, मेरा..." तभी भूपति उदासीनता से सिर उठाकर उसे देखने लगा। वातानुकूलित कैबिन में मुरली ने कूलिंग ग्लास क्यों पहन रखा है, उसे अजूबा लगा।

मुरली ने उसकी ओर देखा। भूपति का हाथ ब्रीफकेस पर है जो पास में ही था। उसे नजरअंदाज करने की कोशिश वह कर रहा है। मुरली को बात समझ में आ गई। "क्यों सर, आज आप नया सूटकेस लाए हैं?"

भूपति चौंक पड़ा। उसे और पीछे धकेलने की कोशिश करते हुए कहा, "आपको यहां पर क्या काम है? क्या मैंने आपको बुला भेजा? आपकी छुट्टी मंजूर नहीं हुई है, जाकर काम करें," उसकी आवाज़ में आदेश था, मगर मुरली जैसे का तैसा खड़ा था।

"आपने सुना नहीं? जाइए....."

"चलता हूं सर....बॉस के पास"

"क्या!"

"बॉस के पास जाता हूं और दस हजार रुपयों के बारे में जो ब्रीफकेस में हैं....."

"क्या.... क्या...." भूपति उठकर इधर आने लगा।

"आप क्यों डर रहे हैं? आपकी भ्रष्टता मुझे कैसे मालूम हो गई, यही सोच रहे हैं न? आज सुबह से मुझे ऐसी शक्ति प्राप्त हो गई है कि मैं सामनेवाले के दिल की बात पढ़ सकता हूं। आपके मन की बात मैं अच्छी तरह समझ समझता हूं।"

"मैं दिल्लगी नहीं कर रहा हूं सी.... पिछले दो सालों से हमारी संस्था की गोपनीय बातों को अपूर्वा बिल्डर्स, जो हमारी विरोधी संस्था है, बेचने की बात के बदले में हर महीने दस-दस हजार रुपये..... सर....."

"मिस्टर मुरली......!" भूपति का कलेजा धड़कने लगा। उसने तुरंत मुरली के कंधे पकड़ आग्रहपूर्वक कहा, "कृपया आप बैठ जाइए।" और वह हाथ जोड़कर उसके सामने खड़ा हो गया।

"क्या मेरी बात झूठी है?"

मैं तो सब सीधा बॉस के पास जाकर....

"मुरली, अब आप ही को मेरी रक्षा करनी है...."भूपति के पास अब रोने के सिवा दूसरा मार्ग ही न था।

"आपने ऐसा क्यों किया, सर?"

"मिस्टर मुरली, ऐसे शहर में जीना है तो यह सब करना पड़ता है, दूसरा रास्ता ही नहीं है। बेटे के लिए मेडिकल सीट चाहिए। नए एक्सटेंशन में जो घर बना रहा हूं, उसके लिए अब तक दस लाख खर्च हो गए हैं, मगर अब भी उसे एक आकार नहीं आ पाया। गांव में बीस एकड़ सेब का बाग लेना तय किया है। पत्नी सता रही है कि आप एक कार ले लें।"

"अगर बॉस को पता चल गया तो?"

"अब आप कहेंगे तो पता चलता है न। इसलिए मैं एक....."

"कहिए सर"

"इस ब्रीफकेस को आप ही ले लीजिए। यह सौदा हम दोनों के बीच ही रहे...."

"उसके बाद...?"

"उसके बाद भी.... मुरली, मैंने तो आप पर विश्वास किया है। साथ में आज से आपकी भलाई की जिम्मेदारी भी अब मेरे ऊपर है।"

शाम हुई तो मुरली ने 'पवार बॉर एण्ड रेस्टोरेंट' के पास साइकिल खड़ी की और अंदर चला गया।

पवार पान खाते हुए सोफे पर बैठा था। मुरली को देखकर परिचय की हंसी से उसका स्वागत किया। मगर मुरली अंदर नहीं गया और उसके पास ही बैठ गया। पवार को अजूबा लगा।

"सर, आपके पास एक काम था, मेरे बेटे को आपके स्कूल में एक सीट चाहिए..... बीस हजार डोनेशन मांग रहे हैं....."

"दीजिए सर, दीजिए। आप जैसे लोग नहीं देंगे तो और कौन देगा? संस्था को तो चलाना है न....."

"उतने पैसे...." मुरली ने धीरे से ऐनक पहन ली।

"'मि. पवार पिछली बार की तरह लाखों रुपयों का माल आपने काले बाजार में रखा है। चुनाव के समाप्त हो जाने के पूर्व ही सब कुछ खर्च हो गया तो आप करोड़पति हो जाएंगे और आपका सपना सच हो जाएगा।"

"क्या...." पवार संभलकर बैठ गया और मुरली के चेहरे को एक टक देखने लगा।

"क्या..... क्या कहा आपने?"

"वही.... आपके गोदाम में जो माल....."

"माल-वाल नहीं है...."

"आप जोर से मत बोलिए मिस्टर पवार। हां, क्या मैं एक फोन कर सकता हूं..... पुलिस स्टेशन ..."

"क्या...." पवार कांपने लगा।

"पुलिस को इस चोरी के माल के मामले में सुनाऊंगा... बस... पांच मिनट में ही गोदाम पर धावा बोलते हैं, और मुझे पुरस्कार मिलता है।"

"पवार ने तुरंत मुरली का हाथ पकड़कर कहा, "सर, ऐसा मत कीजिए। आपके बेटे को हमारे स्कूल में एक सीट चाहिए न? कल ही भेज दीजिए, डोनेशन भी नहीं चाहिए।"

मुरली धीरे से हंस पड़ा। मुरली ने ऐनक पत्नी रमा को दिखाई। अपने साहस के बारे में भी बताया और ठहाका मार कर हंस पड़ा। पत्नी का भी कोतूहल जागा।

"जरा देखूं तो" उसने ऐनक ली। इधर-उधर उसे घुमाकर देखा और रसोईघर चली गई। दो मिनट बाद छट-छट आवाज़ हुई। मुरली दौड़कर रसोईघर में आया। सिलिंडर गैस की आग से ऐनक के ग्लास चूर-चूर हो गए थे, प्लास्टिक फ्रेम भी जल रहा था।

"अरे, यह तूने क्या किया?" मूरली कर्तव्यविमूढ़ होकर वहीं बैठ गया। उसका सिर चकरा रहा था।

"ऐसी अपूर्व वस्तु हम जैसे आम लोगों के पास हो तो अधिक मुश्किल हो जाती है। कल आप शराब के नशे में इसके रहस्य के बारे में जरूर बताए बिना न रहेंगे। तब आपको दो लात मार इसे कोई खींच जरूर लेगा। तब छटपटाने के सिवा और क्या मिल सकता था? इसलिए मैंने इसे नष्ट कर दिया।" रमा ने निर्लिप्त भाव से सहा।

"धत्, मुझे अनायास ही कितनी अद्भुत चीज़ मिली थी। उसकी मदद से हम बहुत कुछ कमा सकते थे। तुमने सब कुछ तबाह कर दिया। तुम्हें मार डालूं तो भी पाप न लगेगा" मुरली खींजते हुए मारने चला।

"ठहरिए...." रमा ने उसे रोका, "आप सड़क पर जी रहे थे, लेकिन मेरे पिता ने लाकर आपको हमारे घर में रखा। आपको पढ़ाया-लिखाया, नौकरी भी आपको दिला दी। आखिर मुझसे विवाह भी कराया। अगर आप मनुष्य कहलाने योग्य हैं तो वह हमारे कारण से। हमने आपके लिए क्या-क्या नहीं किया? लेकिन आप सब भूल गए और पशु के समान अब

मुझे ही मारने आ रहे हैं? आपको शर्म नहीं आती?"

मुरली हार गया। उसने अपना हाथ नीचे कर लिया। विवश होकर दरवाजा खोला और कहीं चला गया।

रमा दो मिनट तब चुप बैठी रही, जैसे कुछ हुआ ही नहीं है। फिर फोन के पास आई और रिसीवर उठाकर डायल किया, "मोहन, आज तुम क्यों नहीं आएं?" उसके स्वर में भय था, प्यार था, आग्रह था, "मैने सारा दिन इंतजार किया, तुम्हारे लिए। कल तो जरूर आना, भूलना मत, सच कहूं तो मोहन, तुम्हारे बिना मैं जी नहीं सकती...."

□□□

एक बार की हंसी

वह देखने में सुंदर था। उसका यौवन मेरे सीने में नई-नई भावनाएं जगा रहा था, तभी मां मेरा चेहरा देखती बोली, "लड़का बड़ा होनहार है।" पिता ने भी कहा, "लड़का हमारी स्थिति-गति के बराबर वाला है", और इस प्रकार पिता के कहने पर मैंने शादी के लिए 'हां' कर दी।

"शादी के बाद प्रथम रात्रि", सभी नवविवाहिता वधुओं के समान मेरी भी आई। लज्जा, संकोच और सुख-स्वप्न के साथ मैं रोमांचित होती बैठी, तो वह भी मेरे पास आकर खड़ा हुआ। वह खुद मेरे पास आकर अपनी अंगुली से मेरी ठोड़ी को ऊपर उठाकर अपनी आंखों से मेरी आंखें मिला ले, इस चाह से मैंने सिर झुका लिया,

मगर मेरी प्रतीक्षा झूठी निकली। वह मेरे अति निकट था। फिर भी मुझे छुआ तक नहीं था, यह देखकर मुझे ऐसा एहसास हुआ कि कह नहीं सकती। उसे कोई चाह नहीं थी या वह प्रेरित नहीं हुआ था, पता नहीं चला। वह कुछ फासले पर ही खड़ा होकर धीरे-धीरे समय बिताने जैसा मुझे ऐसे देख रहा था मानों मैं शो केस में रखी हुई गुड़िया हूं, उसके इस बरताव से मुझमें संकोच के साथ-साथ आंतक भी पैदा हो गया था। उसके संयम को मैं सह न सकी और मैंने सिर ऊपर उठा लिया। विचित्र! उसकी मोहक हंसी में चाह नहीं थी। उसकी आंखें अपरिचित और कुछ बता रही थीं, मुझे ऐसा लगा । मैं निराश हो गई।

उसने कुछ भी जल्दी नहीं दिखाई और धीरे से हंस पड़ा। उस हंसी में इतनी शक्ति नहीं थी कि मैं रोमांचित हो उठूं। इसे क्या हो गया है-यह क्यों इतनी देरी कर रहा है, यह सोचकर मैं अंदर ही अंदर असहिष्णुता से भर उठी, तभी वह मेरी ओर देखते हुए बोला, "हाय! मेरा जन्म लेना आज सार्थक हुआ।" दूसरे ही क्षण मेरी उदासी दूर हो गई। उसने अपने गले से फूलमाला निकालकर कोने में फेंक दी। पास ही टेबल थी, उसपर फल, पान कई तरह के पकवान, चांदी के प्याले में दूध-सब कुछ सिलसिलेवार रखा गया था, वह टेबल की ओर देखकर मुस्कराया। उसकी इस मुस्कराहट

से मैं फिर डर गई। उसने पलंग पर बैठते हुए कहा, "अगर तुम्हें नींद आ रही है तो उस चटाई को ले जाओ और जमीन पर सो जाओ।" और वह मेरे आगे पलंग पर पसर गया।

अब मुझे उसके अनुचित बरताव से अचरज हुआ था। मगर तुरंत कोई फैसला लेना असंभव था। क्या वह मेरी परीक्षा ले रहा है। यह संशय धीरे-धीरे मजबूत हुआ या मुझे सताने की इच्छा उसे हो रही है? या यह भी एक तरह की प्रणय-चेष्ठा है? इन सब झंझटों के बीच रात्रि इस व्यक्ति के साथ कैसे बीतेगी, मेरी समझ में नहीं आया। फिर भी कुछ इंतजार करने का हठ प्रबल हुआ, मैं जहां बैठी थी, वहीं बैठी रही।

"तुमसे किसी भी प्रकार से शादी करने की जिद्द कई दिनों से थी-वह अब पूरी हो गई।" लेटे-लेटे ही उसने कहा। उसकी बात में कोई भावना नहीं थी, फिर भी मैंने कोई महत्त्व नहीं दिया। उसकी प्रशंसा से मेरा शरीर रोमांचित होने लगा। शायद यह बात उसके ध्यान में आई और उसने कहा, "इसमें खुश होने की कोई बात नहीं है" एकाएक उसने मेरे भावना रूपी गुब्बारे में पिन भोंक दिया, "तुझ-जैसी मामूली लड़की की चाह मैंने कभी नहीं की और यह शादी भी इसलिए नहीं की... और तुमसे प्यार करना दूर की बात है।"

हाय भगवान.....मेरा कलेजा फट गया। यह क्या कह रहा है? क्या ऐसी बातें सुहागरात के अवसर पर नववधु से कहीं जा सकती हैं? दर्द से मेरी आंखें भर आईं। कुछ समझ नहीं पाई और उसकी ओर मुड़ी तो लगा कि वह धुंधला-धुंधला दिखाई पड़ रहा है जो अभी-अभी मेरा पति बन गया था।

"क्या तुम्हें कारण चाहिए......तो सुना...", उसने झट कहा और एकाएक बैठ गया, "हमारे दादा के जमाने से ही आपके लोग हमें किसी न किसी बहाने अपमानित करते आ रहे हैं, इसलिए कि हम गरीब हैं। बदले की भावना मेरे खून के साथ बढ़ती आई है। मैं तो अब इतना पढ़ा-लिखा हूं और बड़ा अफसर भी बन गया हूं, फिर भी आपको कुछ नहीं कर सकता था। मैंने तभी निश्चय कर लिया था कि जब यह शादी हो जाएगी तो तुम लोगों को सबक सिखा सकूंगा।"

उसकी एक-एक बात मुझे चाबुक की तरह मार रही थी, मगर यह मुझसे नहीं हो सका कि मैं उसकी बात को झूठी साबित कर सकूं। यह बात

सच थी-शादी से पहले मैंने जो सपने देखे थे, वे नष्ट हो गए। अब मैं इस पुरुष के साथ कैसे जीवन बिता पाऊंगी, इसी चिंता से मैं रो पड़ी।

मेरे दुख से शायद उसे कुछ उत्तेजना मिली, उसने फिर कहा, "अगर मैं चाहता तो किसी करोड़पति से रिश्ता कर सकता था। मगर तब मुझे कब शांति मिलती, मेरे खौलते खून को ठंडापन कहां मिलता?" और जिस अपमान को मैंने झेला था, उससे मैं कैसे मुक्ति पा सकता था?

मैं जितनी दुखी होती थी, वह उतना ही उत्तेजित होता था। अपनी चुभती बातों से वह खुश होता था। मुझे जो आघात हो रहा था। उसकी उसे चिंता नहीं थी। यह सत्य सामने आया कि अब इसके कारण मेरी जिंदगी का कोई अर्थ ही नहीं है। मैं उसकी बातें सह न सकी। सोचा, 'प्रतिरोध करने से क्या होगा?' बचपन से ही देखा हुआ लड़का है, योग्य है, मगर इसके दिल में द्वेष, ईर्ष्या बैठ गई है, इसकी कल्पना भी नहीं की जा सकती थी। मेरी बलि तो दे दी गई थी।

"आप सबने पहले क्या-क्या झेला था। वह मुझे मालूम नहीं है, मगर आप मुझसे ऐसा बदला क्यों ले रहे हैं, यह मेरी समझ में नहीं आ रहा है।" मुझसे रहा नहीं गया।

मेरा प्रतिरोध देखकर वह चकित हुआ। उसने बड़ी-बड़ी आंखों से मुझे घूरते हुए कहा, "वाह! तुझे भी बात करना आता है।" दूसरे ही पल उसका चेहरा अह्य लगा, वह क्रोधित हो गया था, "अगर मैं तुझे सताता हूं तो तेरे मां-बाप, भाई-बंधु मेरे पांव पकड़ेंगे न? तभी तो मैं उन्हें चोट पहुंचा सकता हूं और उन्हें याद दिला सकता हूं कि वे सब भूतकाल में कितना घमंड करते थे।"

"ये तो बकरी और भेड़िये की कहानी हुई?"

"इसलिए तो मैंने तुम जैसी बकरी को चुना है।"

"इस शादी से द्वेष की साधना हो सकती है, बस। आपको शैतानी तृप्ति भी मिल सकती है। मगर अब मैं आपकी पत्नी हूं। अगर मुझे सताना ही आपका उद्देश्य हो तो उसके लिए आपको भी काफी कुछ खोना पड़ सकता है, यह मत भूलिए।"

उसने तुरंत गरदन उठा दी। उसकी आंखें चमक उठीं। फिर धीरे-धीरे उसने गरदन झुका दी।

वह सचमुच मर्द ही था, इसमें कोई संदेह नहीं। मगर उसका रूप मेरे

लिए कुरूप था। उसकी विद्या व्यर्थ थी। अब ऊपरी मंजिल पर था। वह अपमान की बातें करता था और नृशंसता की हंसी हंसता था, जिन्हें मैं सह नहीं सकती थी। मेरी जिंदगी दुखमय बन गई थी। कभी-कभार गली के कुत्ते के समान मेरे शरीर पर आक्रमण कर पति का कर्तव्य निभाता था।

वह बड़ा चालाक था। हर कदम पर सावधानी रखता था। उसके बारे में मैंने जो आरोप मां से कहे, उनपर माता ने विश्वास ही नहीं किया। उसकी मुस्कान में एक आकर्षण था, जो दूसरों को अविश्वास करने का मौका ही न देता था। वह सभी को अपनी बातों से जीतता था। साथ में पैसा था, अधिकार भी था।

"शादी हुए पांच साल हो गए। अभी बच्चा पैदा नहीं हुआ। तीर्थधाम जाकर नाग पूजा कराइए।" किसी ने कहा तो वह मेरी ओर देखकर व्यंग्य से हंसा। मेरे साथ आकर नाग पूजा का नाटक भी किया। उसी रात मैंने उसे छेड़ा, "यह क्या पागलपन है?" मगर वह क्रोधित नहीं हुआ।

"हर किसी को बच्चों की चाह होती है, मगर आपको नहीं है।"

फिर भी वह शांत रहा और कहा, "देखो, अगर बच्चा होना है तो पहले मुझे तुमसे प्यार करना पड़ेगा। अगर तुम्हें बच्चा हो गया तो मेरा उद्देश्य पूर्ण नहीं होगा। फिर बच्चों के कारण तुम मजबूत हो जाओगी। इसलिए मैं एक निश्चय पर पहुंचा हूं। मुझे तुमसे बच्चे नहीं चाहिए।"

कैसी तुच्छता है। पत्नी का ऐसी बातों से अपमान किया जाता है? मगर मुझे क्या हो गया था। मैं न रोई, न क्रोधित हुई, न चिल्लाई। मैं सिर्फ उसे हैरानी से देखती रह गई।

सच है, जानवरों में तो कुछ प्यार मुहब्बत होगी। मगर यह तो बड़ा अतृप्त है। भावनाओं को, उनके बढ़ने से पहले ही मसल देता है, ऐसा नीच है। एक बात में अभी संदेह बाकी था। मैंने उसे छेड़ा, "जरा मेरी बात पर ध्यान दीजिए-आज जो यौवन है, वह कल नहीं रहेगा, तब तो सहारा चाहिए न?" मगर वह फिर हंसा-अक्लमंदी की वहीं हंसी।

अब यह सचमुच सुधर नहीं सकता, धीरे-धीरे जब यह एहसास हुआ तो और एक बात बिजली के समान मुझ पर पड़ी। सुना है बैंगलोर में इसकी एक ओर पत्नी है, उसके दो बेटे भी हैं।

अब सहा नहीं जाता था। यह तो बड़ा अपराध है। मेरे अबलापन का अपमान है। अपने गर्भ के साथ किया गया घोर अनादर है।

प्रवास से आने पर वह थका-सा लगा। मगर मुझे तो उस पर कोई श्रद्धा बाकी नहीं थी।

"क्या बात है? मैं चुप हूं, मगर आपका उड़ना तो ज्यादा हो रहा है।" मैंने उसकी बांह पकड़कर खींचा, मगर वह विचलित नहीं हुआ। ऐसा लगा कि मेरी बात से उसे और सांत्वना मिली है।

"हां, तुमने ठीक ही सुना", उसकी ईमानदारी से मैं दंग रह गई। "वह ही मेरा अधिकृत परिवार है। वे ही मेरी सच्ची पत्नी और बच्चे हैं।"

"और मैं?"

"अगर तुम अपने आपको मेरी पत्नी समझती हो तो मुझे कोई आपत्ति नहीं है।"

उसकी बात से पूरे शरीर में बिजली दौड़ गई, "समझना क्या है-लोगों के सामने अग्निसाक्षी मानकर आपने मुझे स्वीकारा है, इसका ज्ञान तो है आपको?"

वह उदासी से कहीं देख रहा था।

"देखिए, आपके मन में क्या है, इतने वर्ष बीतने पर भी मेरी समझ में नहीं आ रहा है। कभी किसी ने कुछ किया है, इस भ्रम से आपने मुझे इतना सताया, यह काफी नहीं लगता आपको? मैंने ऐसी कौन-सी गलती की है?"

"आपके लोगों ने हमें मनुष्य के रूप में ही देखा, तब हमने क्या गलती की थी?" वह आग-बबूला हो गया था, "आपने अपनी अमीरी की खिलखिलाहट में हमें नीचे कुचला था न-तब तुम्हारे इस सवाल का जवाब किसने दिया था? आदमी-आदमी का शोषण करने पर किसी को कुछ नहीं लगा। तब आपके लोगों का जमाना था, खूब राज किया। अब हमारा जमाना है-अब हमने भी पढ़-लिखकर अधिकार को हाथ में लिया है, तन में शक्ति भरकर आप लोगों का सामना करने का कलेजा पाया है-इसे तुम अब गलती कहती हो। मगर जहां तक मेरी समझ है, मैं ठीक ही कर रहा हूं।"

"यह कब तक चलेगा।"

"जब तक दोनों में से एक नहीं मरता।"

"तो..इसी तरह आपके साथ मरते समय तक मैं जीना नहीं चाहती। आपके आश्रय में रहने पर भी मैं आश्रयहीन बन गई हूं, तो मैं आपकी पत्नी क्यों बनी रहूं? मुझे तलाक चाहिए।"

मेरी कठोर वाणी से वह नहीं डरा। बदले में और कठोर हो गया, "यह

संभव नहीं है। तुम्हें तलाक दूं, ऐसा मूर्ख मैं नहीं हूं।"

"आपका यह कलंकित जीवन मुझे सबूत देता है।"

"तुम्हारे लिए यह साबित करना असंभव है", यह अनायास बोला, "इसके लिए सबूत चाहिए, लोगों की मदद चाहिए, पैसे चाहिए, प्रतीक्षा करने की सहिष्णुता चाहिए। आसपास मेरे विरुद्ध बात करने वाला कोई भी नहीं है।"

उसके गर्व में सच्चाई थी। मैं अकेले उसका सामना नहीं कर सकती, यह बात मुझे भी मालूम थी। मगर जो भी हो, हारना नहीं चाहिए, यह जिद भी थी। इसलिए साहस बटोर कर कहा, "तो...तुझे भी एक निश्चय पर आना पड़ता है। मुझे तो एक बच्चा चाहिए। अगर आपसे यह नहीं हो सकता तो और किसी भी तरह ही सही..."

मेरे इस रामबाण से वह जरूर पागल जैसा बरताब करेगा, मुझे पशु के समान मारेगा, मेरे बाल पकड़कर खींचेगा...मगर मेरी धारणा गलत निकली। मैं ही मुर्ख बन गई। उसने जरा-सी भी सहिष्णुता नहीं खोई और गंभीर होकर कहा, "तुम्हारी बात से मैं ढीला पड़ जाऊंगा और मैं समझौते पर आऊंगा, अगर तुम यह समझती हो तो यह तुम्हारा बचपना है। अगर तुम मुझसे बदला लेना चाहती हो और इस काम पर उतरोगी तो मुझे कोई आपत्ति नहीं है। तुम जो चाहे कर सकती हो।"

मैं दंग रह गई। लगा, उसकी जीत को रोकने की शक्ति मुझमें नहीं है। वह आगे बोला, "मगर इसके लिए मानसिक रूप से तैयार होना चाहिए। आप सबने मान-मर्यादा को प्राण से भी बड़ा मान लिया है, पहले उस मान-मर्यादा को छोड़ना पड़ेगा। तुम जिस तुच्छता पर उतरना चाहती हो, उसकी गहराई कितनी है, इसकी कल्पना करनी चाहिए और उस तुच्छता में भी सुख को भोगना-भविष्य में जरा भी पछतावा न करना पड़े ऐसे पत्थर दिल का होना जरूरी है। अगर यह सब तुमसे बन सके तो..."

मैं कितनी हतभागिनी हूं, मुझमें कुछ भी संभव नहीं है।

और एक दिन शांत होकर पूछ बैठी, "जाने दीजिए, मेरी किस्मत ही ऐसी हो गई। अब पछताने से कुछ भी लाभ नहीं। एक बार तो मुझे बैंगलोर ले चलिये और अपनी पत्नी और बच्चों से मुलाकात करवाइए। उनका सुख देखकर तो कुछ सांत्वना पाऊंगी।"

"नहीं। उसने झट से इंकार कर दिया, "तुम्हारा ऐसा गिड़गिड़ाना बेकार

है। तुम्हें जिंदगी से कुछ सांत्वना मिली तो मेरे बदले का कोई मतलब ही नहीं रहता।"

"धत्! आपकी सारी जिंदगी ईर्ष्या-द्वेष और बदले की भावना में ही बीत गई। एक बेसहारा औरत को आप सता रहे हैं, आप सचमुच इंसान नहीं हैं। भविष्य में आप कीचड़ के कीड़े बनकर मर जाएंगे।" मैं पराजित होकर कराही, उसे और भी खुशी हुई, खिलखिलाकर हंस पड़ा।

अब जीवन में भ्रम की गुंजाइश भी नहीं थी। यह मेरे लिए "स्लो पॉईजन" है। इसे सहा भी नहीं जा सकता था, पचाया भी नहीं जा सकता था। क्षण-क्षण में तृण-तृण से वह मुझे मार रहा है, उसकी उस चाह से मैं बच नहीं सकती थी।

अब मेरे आगे कोई रास्ता नहीं था। कोई भी लक्ष्य दिखाई नहीं पड़ा। उसी अंधकार में यथा-प्रकार शेष जिंदगी की दौड़-धूप चलती रही।

एक दिन वह प्रवास पर गया था। लौटते वक्त जीप का एक्सिडेंट हो गया। ड्राइवर की उसी स्थान पर मृत्यु हो गई थी। यह आगे बैठा था और जीवन-मृत्यु के बीच लड़ रहा था।

जब मैं अस्पताल पहुंची तो उसे उसी समय होश आ गया। बिना कोई चिंता के उसके पास जाकर पत्थर की तरह बैठ गई। लोग आपस में बातें कर रहे थे, उनकी बातों से लगता था कि अब जीवित नहीं रह सकता।

वह आंखें खोलकर मुझे ही देख रहा था। शायद वह बात भी नहीं कर सकता था, इतना कमजोर हो गया था। वह मृत्यु के द्वार पर खड़ा था, न जाने उसके मन में क्या-क्या चल रहा होगा, इस विषम स्थिति में शायद वह मुझे देवी कहकर पूजेगा, हाथ जोड़ेगा, गिड़गिड़ाएगा, अपने कुकृत्यों के लिए पछताएगा....।

मगर नहीं। कुछ भी नहीं हुआ। वह मेरा चेहरा देखते हुए उसी प्रकार व्यंग्य से हंस रहा था, जो उसकी आखिरी हंसी थी।

पता चला, वह मर गया है। मुझे राहत महसूस हुई, मन के अंदर तो बेचैनी थी, उसे बाहर फूंककर शांति से सांस ली। अब बची थी, एक प्रकार की अद्भुत सांत्वना। उसके शव को देखकर मेरा कलेजा नहीं पिघला। दुख उमड़कर बाहर नहीं आया। मुझे अचरज हुआ था कि मृत्यु के अंतिम क्षणों में भी उसने मेरा अपमान किया था। सचमुच वह सिर्फ जानवर नहीं था, वह एक क्षुद्र कीड़ा था। मृत्यु के समय में भी उसके मन में पाप-भय या विवेक

नहीं सता रहे थे। इसकी नीच-मृत्यु पर हंसने से आंसुओं का अपमान होता है।

सच है अब मैं रो नहीं सकती थी-खुशी से हंसना चाहती थी। सब बंधनों से मैं मुक्त थी। मुक्ति की हंसी हंसना चाहती थी। हंस पड़ी-जोर से हंस पड़ी। जीवन में मात्र एक बार ही हंसी। मगर आसपास जो खड़े थे, मुझे देखकर डर गए थे। वे आपस में देखने लगे। उनके अज्ञान पर मैं फिर जोर से हंस पड़ी।

कुछ लोग डर गए, कुछ मुझे पकड़ने आए। जितने थे, उतनी बातें, "हाय! पति की मृत्यु को यह सहन नहीं कर पा रही। हाय! इसे अपने पति से न जाने कितना प्यार था.....इनका दांपत्य जीवन कितना मधुर रहा होगा. ....।"

□□□

हेलमेट

दत्तू सिनेमा जगत में पिछले दस सालों से था और छोटी-मोटी भूमिकाएं निभाता था। उसने पंद्रह फिल्मों में अभिनय किया था, यही उसके लिए गर्व की बात थी, मगर ज्यादा पैसे तो नहीं मिले। फिर भी इधर एक साथ पांच-छह फिल्मों में अभिनय करने के लिए बुलावा आया तो उन्हें इंकार नहीं कर सका। अगर एक कार खरीदता तो घूमने-फिरने में आसानी होती यह सोच उसने एक सैकेंड हैंड स्कूटर खरीद ही लिया।

स्कूटर पुराना था, मगर नया हेलमेट खरीदने की बात सोची। उसे याद आया कि उसका दोस्त गोपी विदेशी चीजें बेचता है। सभी को मालूम था कि वह सब चोरी का माल है। फिर भी लोग खरीदारी के लिए दौड़ पड़ते थे, सो दत्तू भी पीछे नहीं रहा। एक सुबह उसने जाकर गोपी के घर का दरवाजा खटखटाया।

कुछ देर इंतजार करना पड़ा, फिर जाकर दरवाजा खुला।

"तुम!" गोपी को अचरज हुआ। दत्तू ने गोपी का चेहरा देखा।

"हेलमेट!" गोपी की आंखें फैल गई और उसने कहा 'रुको', फिर उठकर अपनी पीठ पीछे जो शीशे की अलमारी थी, उसे खोला और वहां से एक हेलमेट उठाकर दत्तू के सामने रख दिया।

"कैसा है?" गोपी ने दत्तू की ओर गर्व से देखा।

दत्तू ने उसे एकटक देखा, हेलमेट सचमुच सुंदर था, मोहक था, अनोखा था। सिर्फ सिर ही नहीं, चेहरे का ज्यादा भाग भी सुरक्षित रहे, इस ढंग से उसकी रचना की गई थी।

"अच्छा है, यही मुझे पसन्द है" दत्तू झट से बोला "तुझे?" एकदम चंकित हो गया था, "यह तुम्हारे लिए नहीं है, यह दूसरे के लिए है"

"दूसरों को दूसरा ही दे दो, यह मेरे लिए रहने दो" दत्तू के स्वर में हठ के साथ प्यार भी था।

गोपी की आंखें नम हो गई उसने दत्तू के नजदीक आकर प्यार से

कहा, "तुम तो मेरे दोस्तों में सबसे भोले हो और अभी सिनेमा क्षेत्र में उभर ही रहे हो, तुम्हारे जैसे भोले आदमी को खोने की मेरी इच्छा नहीं है।" गोपी, यह तुम क्या कह रहे हो? दत्तू की आवाज में विस्मय था। "जी हां, मेरी बात मान लो ये हेलमेट जो भी पहनेगा, वह जल्दी ही मर जाएगा" गोपी की इस बात को मानना संभव नहीं था। लोग हेलमेट पहनते हैं कि वे जिंदा रह सकें। मगर गोपी कर रहा है कि हेलमेट के पहनने से मैं मर जाऊंगा। इसमें क्या रहस्य है? दत्तू हक्का-बक्का होकर उसका चेहरा देखने लगा। गोपी धीरे से हंस रहा था, दत्तू को लगा कि उसकी हंसी उसका मजाक उड़ा रही है, वह पल भर के लिए शर्मिन्दा हुआ। फिर संभलकर कहा, "गोपी, तुम मजाक कर रहे हो....करो-करो" वह और कुछ कहने जा रहा था, तभी बाहर से किसी ने दरवाजा खटखटाया तो वह कांप गया। उसने गोपी की ओर देखा तो वह भी डर गया था। दत्तू हैरानी से देख रहा था और गोपी निरुपाय होकर उठ खड़ा हुआ। धीरे-धीरे चलकर दरवाजे की कुंडी सावधानी से खोलकर पीछे सरक गया। उसके पीछे ही बांए पैर से दरवाजे को जोर से लाते मारते हुए मजबूत शरीर वाला रंगा अंदर आ धमका।

दत्तू रंगा से परिचित है तीनों ने कई बार प्यार से एक-दूसरे को गालियां बकते हुए कॉफी पी है। उसे याद आया, गोपी ने एक बार कहा था कि रंगा मेरा बिजनेस पार्टनर है। रंगा निर्भय होकर भीतर चला आया। जब वह नजदीक आने लगा तो गोपी डरने लगा और पीछे सरकता गया। इस अवसर पर क्या किया जाए, दत्तू ने थोड़ी-सी मुस्कराहट दिखाने की कोशिश की। उसे ध्यान आया कि उसे देखने पर भी रंगा विचलित नहीं हुआ है। अगर इन दोनों में मारामारी शुरू हो गई तो इसमें मेरा कर्तव्य क्या है, यह सोचते ही उसे पसीना आ गया।

गोपी के सामने खड़े होकर रंगा क्रूरता से उसका चेहरा देखने लगा और तुरंत बांए हाथ से गोपी की गर्दन को दीवार के पास ले जाकर जोर से दबाया और दाहिने हाथ से चाकू को चमकाया। दत्तू डर गया। उसने सोचा कि अगर मैं दौड़ने की कोशिश करूं तो रंगा तुरंत उसकी पीठ पर चाकू फेंक देगा। इसलिए वह चुप बैठ गया। तब-तक हाथ-पांव तानकर गोपी बड़बड़ाया "वहां. . .वहां रंगा उसके इशारे पर आगे गया और बिजली के झटके से हेलमेट को ले लिया। दत्तू हक्का-बक्का होकर बैठा ही रहा।

"वेरीगुड!" रंगा ने हेलमेट पर हाथ फेरते हुए खुशी से कहा, "गोपी, तुम कितने भी बुद्धिमान बनों तो भी तुम मुझे धोखा नहीं दे सकते। ठीक है, मैं जाता हूं", जाने से पहले वह दत्तू का चेहरा देखकर मुस्कराया और आँख मारी।

जब वह चला गया तो गोपी ने चैन की सांस ली, खोई हुई चेतना को फिर से इकट्ठा किया। सिर झटकाकर कपड़े ठीक करते हुए वह आगे आया और मेज पर जो चाबी थी उसे लेकर दत्तू ने कहा, "आओगे?"

उसमें जो परिवर्तन हुआ था, उसे देखकर दत्तू को आश्चर्य हुआ। कहां? उसने ऐसे अंदाज में चेहरा ऊपर उठाया। "उस हेलमेट को वापस लाएंगे" "मगर तुम तब चुप थे जब रंगा ने उसे तुमसे छीन लिया" "उसने नहीं छीना" गोपी रहस्य भरे ढंग से हंसा, "उद्देश्यपूर्वक ही मैंने दिया है। मैं इसी इंतजार में बैठा था कि वह आएगा, नहीं तो बचे हुए दो लोग तो आएंगें ही।"

"और दो लोग?"

"रमण और वेंकट"

ये दोनों भी उसके दोस्त थे. . . दत्तू की समझ में नहीं आया कि ये किसी बुरे विचार से एक दूसरे का पीछा कर रहे हैं। गोपी के साथ चलते हुए उसने पूछा, "अब रंगा कहां जाएगा, यह तुझे कैसे मालूम?"

"उसने सोच लिया है कि नगर की इस बड़ी सड़क में तो वह बच सकता है। मगर बेचारा। उसे पता नहीं कि डेढ़ या ढ़ाई कि.मी. के अंदर ही उसकी जिंदगी खत्म हो जाएगी।"

दत्तू को जल्दी ही मालूम हो गया कि गोपी ने जो कहा उसमें अतिशयोक्ति नहीं है कुछ दूर पर सड़क किनारे लोग जमा हुए थे। गोपी ने बुलेट खड़ी कर ली और दत्तू को लेकर उसी ओर चल पड़ा। भीड़ को चीर कर देखने पर दत्तू को अपनी आँखों पर विश्वास नहीं हुआ। रंगा सिकुड़कर पड़ा था, लगता था कि वह मरा हुआ है। गोपी अत्यंत दुखी व्यक्ति के समान "रास्ता छोड़िए" कहते रोता हुआ शव के पास बैठ गया। हेलमेट को हाथ में लेकर रंगा के चेहरे को हिलाते हुए "रंगा" पुकारा भीड़ की तरफ मुड़कर पूछा, "कोई पुलिस को खबर करो?" फिर खुद उठा ओर जोर से कहा, "एंबुलेंस को तो लाना है" और सीधा बुलेट के पास चला गया। जब दत्तू उसके पीछे बैठने लगा तो कुछ लोगों ने उसे पहचाना और

"सिनेमा एक्टर, सिनेमा एक्टर दत्तू कहकर पुकारने लगे।" यह सुनकर दत्तू फूला नहीं समाया। उसे कौतूहल हुआ कि सड़क के लोग उसे पहचानने लगे हैं, वह इतना बड़ा हो गया है। उसने सीना फैलाकर लोगों की ओर हाथ फैलाया। मगर गोपी ने तुरंत बुलेट स्टार्ट की तो उसे बड़ा दुख हुआ कि इस कमबख्त ने उसे लोगों से कुछ देर के लिए भी मिलने नहीं दिया।

दत्तू अभी भी अपने प्रशंसकों के बारे में सोच रहा था। यकायक बुलेट के रुकने से वह वास्तविक दुनिया में आ गया। बुलेट के आगे एक जीप रुकी उसमें से रमण और वेंकट कूद पड़े और गोपी के दांए-बांए खड़े हो गए। दत्तू को लगा कि अगले ही पल में गोपी शव के रूप में गिर पड़ेगा।

तब-तक गोपी ने ईमानदारी से हेलमेट को रमण के हवाले किया रमण द्वारा उसे सिर में पहनकर जीप स्टार्ट करने से पहले दत्तू को लगा कि वेंकट के कान में उसने कुछ कहा। वेंकट मजाक की हंसी-हंसता हुआ झुका और गोपी के बुलेट के दोनों पहियों से हवा निकाल दी फिर दोनों जोर से हंसते हुए जीप में ओझल हो गए।

"धत्. . . हम उनका पीछा करते, यह सोचकर उन्होंने ऐसा किया अब क्या करें?" दत्तू ने चिंतित होकर कहा, "आस-पास में कुछ लोग हों तो अपना परिचय बताकर उनसे कुछ मदद मांगी जा सकती है।"

"दूसरा रास्ता नहीं है कुछ दूर धकेलकर चलेंगे वहां पर शायद कोई साइकिल की दुकान या गैरेज़ हो" गोपी ने कहा। गोपी में कोई आवेश या डर नहीं दिखाई पड़ा।

गैरेज़ से पहियों में हवा भराकर गोपी फिर बुलेट पर चढ़ा। उसके अनुमान के अनुसार ही दो कि.मी. के फासले पर रमण की जीप एक पेड़ से टकराई थी दत्तू दौड़कर आया और भीड़ को चीरकर देखा हेलमेट दिखाई नहीं पड़ा। रमण जहां बैठा था, वहीं मरा था, इसे देखकर गोपी को तसल्ली हो गई थी। उसने कहा, "अब वेंकट को ढूंढना है, यह संभव नहीं है कि वह यहीं कहीं छिपा हो, उसे बहुत दूर जाने की जल्दबाजी है।"

और आगे दो कि.मी के फासले पर ही वेंकट भी मिल गया। मगर जिंदा नहीं। उसका शरीर सड़क के किनारे फुटपाथ पर पड़ा था गोपी बिल्कुल भी नहीं डरा और लोगों के सामने किसी को भान न हो, हेलमेट को उठा लाया और दत्तू को देते हुए कहा, "भूल से भी इसे सिर पर न पहनना, नहीं तो उन तीनों की तरह तुम्हारी भी यही दुर्गति होगी।

अब कोई बाधा नहीं थी। गोपी चिड़िया के समान खुशी से चल पड़ा। गली-गली में घूमते हुए दोनों ने शराब पी ली, मजे उड़ाए। रात के लगभग दस बजे गोपी ने बुलेट लाकर दत्तू के घर के पास खड़ी की।

"गोपी, मुझे एक संदेह है।"

"बोलो!" गोपी में उमंग थी।

"वे तीनों कैसे मरे? वह भी दस कि.मी के फासले के अंदर ही?

उनकी मृत्यु के लिए यह हेलमेट कैसे कारण बना? इस हेलमेट के लिए वे क्यों आपस में लड़े?. . . ." एक ही सांस में कई सवाल पूछ रहे हो गोपी ने दोस्त की पीठ थपथपाई, इस बात से तुम्हें क्या लेना देना है? तुम्हें तो हेलमेट चाहिए न? कल सुबह नौ बजे आओ इसे लेकर जाओ।

"मैं तो नहीं मरूंगा न?"

"कल! सचमुच नहीं"

दत्तू को रात नींद ही नहीं आई। इस प्रकार शत्रुओं को दूर करने की बात उसके लिए नई नहीं थी। लेकिन उसकी तो इस प्रकार दुर्गति न हो, इसकी चिंता उसे आज अधिक होने लगी।

अगले दिन जब दत्तू नौ बजे गोपी के घर गया तो लगता था कि गोपी अभी-अभी उठा है।

"दस मिनट बैठो, नहा कर आता हूं।" गोपी अंदर चला गया। जब वह वापस आया तो देखता है कि खाकी वर्दी में एक व्यक्ति दत्तू के सामने बैठा है और दत्तू उसके साथ आराम से गप्पे मार रहा है उसे देखते ही गोपी का कलेजा धड़कने लगा।

"मैं इंस्पेक्टर अण्णय्या हूँ" आगतुक ने अपना परिचय दिया, गोपी भ्रम में पड़ गया। बचने का मार्ग नहीं सूझा। सभी कुछ ठीक-ठाक किया था, फिर भी कहाँ ठोकर लग गई?

"हेलो सर, क्या बात है?" विवश होकर गोपी मुस्कराया।

"कल इस नगर की बड़ी सड़क पर दस कि.मी के फासलें में तीन मौतें हुई। सबका परिचय आपको अच्छी तरह है। रंगा, रमण और वेंकट. . . . ये आपके बिजनेस पार्टनर थे।"

"उन्हें क्या हुआ था, सर. . .?"

"यह बात मेरी समझ में नहीं आई और मौतें भी कैसे अनोखेपन से हुई हैं। लगता है कि एक्सिडेंट हुआ है, मगर एक्सिडेंट नहीं है सिर पर तो कोई

भी चोट नहीं है बदन पर कुछ खरोंच के निशान हैं, बस।"

गोपी खामोश खड़ा था। इंस्पेक्टर ने बात जारी रखी, "प्रत्यक्षदर्शियों का कहना है रंगा हेलमेट पहने हुआ था और वह भी हेलमेट पहने हुआ था, लेकिन अब हेलमेट अनिवार्य नहीं है रमण जीप चला रहा था और वह भी हेलमेट पहनकर वेंकट किसी के स्कूटर के पीछे बैठा था और वह भी हेलमेट पहने हुआ था और कुछ जाँच करने पर पता चला कि तीनों ने एक ही हेलमेट को पहना था, क्या यह एक ही हेलमेट था यह अनुमान हो सकता है, मिस्टर गोपीनाथ! एक ही हेलमेट के पीछे ये तीनों क्यों पड़े थे?"

गोपी ने ऐसा सिर हिलाया कि उसे कुछ भी मालूम नहीं है। "यहां पर एक बात मुझे बार-बार याद आ रही है" इंस्पेक्टर कहता गया। "सात दिन पहले एक अखबार में खबर छपी थी सेठ पंकजमल ने रिपोर्ट दर्ज की थी कि उसकी दुकान में चार लोगों ने हीरों की डकैती की थी। मैं समझता हूं कि इनमें तीन लोग अब तक मर गए हैं अब बचा है एक आदमी. . ." इंस्पेक्टर की तीखी नजर का सामना गोपी सह न सका, वह चीख पड़ा, "मैं नहीं सर, हीरों की बात मुझे मालूम ही नहीं है।"

इंस्पेक्टर अण्णाय्या ने सब्र रखते हुए पूछा, "अरे!. . . .ऐसी बात तो मैंने कही ही नहीं।"

फिर वे उठकर गोपी के पीछे आए और शीशे की अलमारी खोल दी उनके हाथ में हेलमेट देखकर गोपी ने आँखें झुका ली और वहीं बैठ गया।

इंस्पेक्टर अण्णय्या ने उस हेलमेट को मेज पर रखते हुए कहा, "शायद इस हेलमेट में उन हीरों को छुपाकर रखा गया है। ऐसा मेरा विश्वास है। इसलिए मरे हुए तीनों लोगों ने हेलमेट को अपने से अलग नहीं किया। मगर उनकी सबकी मौत कैसे संभव हुई? मिस्टर गोपीनाथ. . .आप कुछ बताएंगे?" मुझे सचमुच मालूम नहीं है, सर. . ." "जाने दीजिए, . .और ज्यादा सवाल मैं नहीं करता। मिस्टर गोपीनाथ! क्या आप मेरी एक मदद करेंगे?" "बताइए सर. . ."

इस हेलमेट को सिर पर पहनकर मेरे सामने आप दस मिनट बैठ जाइए मुझे एक परीक्षा करनी है।

गोपी कांपने लगा हाथों को आगे बढ़ाकर विनती की, "नहीं सर, नहीं उसके चेहरे पर दीनता थी । उसे देखकर इंस्पेक्टर के चेहरे पर मुस्कराहट फैल गई" मिस्टर गोपीनाथ हमारे यहां जो रिकॉर्डस हैं उसके मुताबिक पता

चलता है कि आप विष के ज्ञाता हैं-विष के बारे में आप अधिक जानकारी रखते हैं। आप सबने एक साथ मिलकर हीरों की डकैती की। मगर उन्हें बाँटने के लिए तैयार नहीं थे। अपने साथियों से छुटकारा पाने के लिए आपने एक अनोखी योजना बनाई इस हेलमेट के अंदर बड़ी महीन चाँदी की नलियों को जोड़ दिया। उनकी पट्टियाँ ऐसी हैं कि वे दोनों ओर से सिर पर स्पर्श करती हैं, घोर विष को उन नालियों में भर दिया गया है। आपकी योजना के अनुसार इस हेलमेट को सिर पर पहनने के कुछ देर बाद गर्मी उत्पन्न होती है और उस गर्मी से विष जो नालियों के अंदर है, गरम होकर भाप बन जाता है और चेहरे के पास जो छेद है, उसमें से बाहर आता है। एक-दो बार साँस लेने से कोई भी मजबूत आदमी मौत के घाट उतर जाता है।

गोपी सिर झुकाए बैठा ही था, उसकी सारी चेतना नष्ट हो गई थी। दत्तू को यह सब सुनकर आश्चर्य हुआ था।

इंस्पेक्टर अरण्णय्या अब दत्तू की ओर मुड़े, "मिस्टर दत्तू, आप कल गोपी के साथ ही थे। इसलिए अपराधी का पता लगाने में हमें आसानी हुई। आपकी लोकप्रियता ने हमें मदद दी. . ."

"थैंक यू सर. . ." दत्तू ने विनती स्वर में कहा। "मगर हम विवश हैं कि हमें आपको भी गिरफ्तार करना है। क्योंकि हो सकता है कि इस योजना के पीछे आपका दिमाग भी हो" इंस्पेक्टर ने कहा।

"मुझे कुछ भी मालूम नहीं है सर. . .मैं वैसा आदमी नहीं हूँ" दत्तू बड़बड़ाने लगा और इंस्पेक्टर उठ खड़ा हुआ।

□□□

हासिल

घर से निकलने में देर हो गई। रंगा टिकट लेने के लिए पहले ही गया है या मुझे ऑफिस से लौटने में देर हो गई है या बीवी ने मेकअप के लिए या पैकिंग करने में देर कर दी है–इनमें से कोई भी कारण हो सकता है। मगर देर तो हो ही गई, यह सच है। शाम के छह बजे की बस थी, सवा छह बज गए थे, उसका कुछ अता-पता ही न था। लोग लंबी सांसें ले रहे थे, आपस में बातें कर रहे थे। सोमू भी घड़ी देखता हुआ बीवी के साथ बेजारी से बस का इंतजार करने लगा। गरमी के साथ-साथ धूल भी उड़ रही थी। तभी भीड़ में से रंगा का चेहरा दिखाई पड़ा तो सोमू ने कुछ राहत की सांस ली।

'बस का क्या हुआ?' सोमू ने उसकी तरफ देखा।

'कभी सही वक्त पर आई है जो आज आ जाए? क्या उसका दिमाग खराब हो गया है?' रंगा जोर से हंस पड़ा।

उसकी बात से दोनों में कुछ उत्साह उमड़ आया।

खड़े-खड़े थकान तो हो गई थी, मगर बैठने के लिए तो कहीं जगह नहीं थी। मवाली और आलसी लोग बस स्टैंड के बेंच पर सो रहे थे–

'फोन आया था, तुम्हारे पिताजी की हालत खराब है।' मैंने बीवी से कहा था, तो उसने जल्दबाजी मचा दी। मुझे तुरंत मेडिकल लीव के लिए अर्जी देनी पड़ी। एक दिन के लिए आएंगे। बीवी से आग्रह कर कम ही कपड़े सूटकेस में भरे थे, मगर अब वह भारी लग रहा है। सोमू जहां खड़ा था, वहीं इधर-उधर आंखें दौड़ाई। पान की पीक, केले के छिलके, बीवी के टुकड़े सबेरे से ही जमा हो रहे थे। अब वहां पांव रखने में भी संकोच हो रहा था।

तभी पत्नी ने 'धत्-धत्' कहा और संकोच से वहां से सरक गई। सोमू ने कौतूहल से मुड़कर देखा और दंग रह गया। एक नंगा आदमी अपने सिर बदन पर राख पोथे हुए सामने खड़ा है। कई दिनों से उस आदमी ने इस बस

स्टैंड पर डेरा जमा रखा था। इस पागल आदमी के बारे में गांव भर में कई अनोखी कहानियां प्रचलित थीं। सोमू भी कुछ-कुछ जानता था। कहते हैं कि इस पागल में कोई दैविक शक्ति है। वह अचानक दुकान में घुस जाता है और हाथ लगी किसी भी चीज को लेकर चला जाता है. . .

और एक अनोखी बात थी कि कोई उसे मना नहीं करता, गालियां नहीं देता और मारता भी नहीं, बदले में उसके सान्निध्य को महाप्रसाद के रूप में स्वीकार करता है. . . जैसे उसका जन्म सार्थक हो गया हो। ऐसा भी कुछ लोग मानते हैं कि उसके स्पर्श से बिक्री तीन-चार गुना बढ़ जाती है. . . सोमू को वें बातें याद आई और उसने सिर झटका। लोग इतने पढ़-लिख गए हैं, मगर अंधविश्वास से मुक्त नहीं हुए। यह सोचकर उन पर क्रोध भी आया। यह पागल नंगा होकर औरतों के सामने घूमता है, फिर भी कोई विरोध नहीं कर रहा, बदले में उसके नंगेपन पर हाथ जोड़ते हैं. . .जब-तक लोगों में वैचारिकता नहीं आती. . .

तभी बीवी ने उसका हाथ हिलाते हुए कहा, 'देखिए, पहले इस भिखारी को हटायें।' पत्नी की आंखों में कतार भाव था।

सोमू ने सावधान होकर जोर से कहा, 'अरे, हटो-हटो।' उसने उसे आग्नेय नेत्रों से देखा। पागल पर इसका कोई असर नहीं हुआ, बल्कि वह उसके और करीब आ गया। यह देखकर सोमू खुद ही एक कदम पीछे हट उधर खड़े रंगा से सटकर खड़ा हो गया। रंगा भी कहीं देख रहा था, उसने भी मुड़कर पागल को देखा और दंग रह गया। इस संकट से कैसे निपटा जाए, वह छटपटा रहा था। तभी बीवी ने कहा, 'कुछ दे-दिलाकर जल्दी यहां से हटायें, जाकर कहीं और मरे।' और वह सिकुड़कर खड़ी हो गई।

रंगा ने उसकी बात से भयभीत होकर कहा, 'भाभी, ऐसा मत कहें। आप उसे गालियां देंगी तो अच्छा न होगा।' उसने उसकी ओर से उस पागल से माफी मांगी। अब रंगा ने सोमू को देखते हुए कहा, 'यह किसी से कुछ नहीं पूछता, अगर पूछता है तो समझ लो कि तुम पर इसकी कृपा हो गई है।'

रंगा ने उसका समर्थन किया था-अगर इस पागल में कोई दैवी शक्ति हो तो-सोमू ने धीरे-से अपने आपको संभाल लिया और जोर से सांस ली। अब तो गांव जा रहे हैं, रात का सफर है। दुर्घटना तो आम बात हो गई है। यह बुराई के लिए बहाना न हो जाए-उसने जेब में हाथ डाला। एक रुपये

का नोट था। उसे कई दिनों से कोई ले नहीं रहा था, वह बहुत ही पुराना हो गया था। उसने वही रुपया पागल के बढ़े हुए हाथ में थमा दिया। अब तो यह पागल यकायक पागल के समान हंसा, उसके कंधे थपथपाए और चला गया। सोमू दंग रह गया। पागल के ओझल होने पर भी वह उत्तेजना से कांप रहा था।

उसके अंदर जो कोलाहल मचा हुआ था, रंगा समझ नहीं सका और सोमू का अभिनन्दन करते हुए बोला, 'शाबाश यार! तेरी किस्मत का क्या कहना!' सोमू के साथ उसकी बीवी भी दंग रह गई

उसने तुम पर पूरी कृपा की है। रंगा कहने लगा, 'उसने तीन बार तुम्हारा स्पर्श किया है, यानी उसने तुम्हें तीन वर दिए हैं।'

सोमू को विश्वास न हुआ, 'उस पागल के लिए न जाने तुम क्या सोच रहे हो।'

'अब मैं क्या कहूं? भविष्य ही तुम्हें बताएगा।' रंगा ने वहीं पर बात खत्म कर दी। सोमू के मन में भी जिज्ञासा उत्पन्न हो गई।

इधर-उधर खड़े लोग भी कहने लगे, 'इनकी बात सही है। वह किस पर कब और किस तरह मेहरबान हो जाए, कहा नहीं जा सकता ।' उनकी बातें सुनकर सोमू और निराश हो गया। ये लोग इन दकियानूसी बातों से मुझे प्रभावित करना चाहते हैं और मुझे मूर्ख बनाने का बहाना कर रहे हैं। सोमू इसी दुविधा में था कि रंगा ने ताली बजाते हुए जोर से घोषणा कर दी, 'बस आ गई।'

रंगा ने सावधानी बरती थी, इसलिए बस में उसे उचित स्थान मिल गया। सोमू बीवी के साथ आराम से बैठ गया। पहले गर्मी लगी, मगर दस मिनट के बाद जब बस चल पड़ी तो खिड़की से हवा आने लगी। उसे आराम अनुभव होने लगा। बस एक्सप्रेस थी, बीच में जगह-जगह रुकने का झंझट भी नहीं था।

कुछ समय बाद कंडक्टर का टिकट देने का काम खत्म हुआ और अंदर की बत्तियां बंद हो गई। तब-तक आधे से भी ज्यादा लोग नींद में झूलने लगे। सोमू ने भी नींद लेने की कोशिश की, मगर अचानक उसके दिमाग में बस स्टैंड में देखे पागल का खयाल उभरा।

सामने से एक ओर वाहन आ रहा था, उसके संकेत पर सोमू की बस कुछ पल के लिए लड़खड़ाई। धक्का लगने से कई लोग जग गए। मगर बस

ने जल्दी ही अपना संतुलन कायम कर लिया।

'जग गई? मुझे तो नींद ही नहीं आ रही।' सोमू बीवी की ओर देखते हुए बोला। उसकी बीवी ने कोई प्रतिक्रिया नहीं दिखाई, बदले में वह फिर से नींद पूरी करने लगी। तब वह उसके कान में प्यार से फुसफुसाया, 'उस पागल ने हमें तीन वर दिए हैं, ऐसा रंगा ने कहा था. . . '

वह उदास होकर बोली, 'रंगा भी एक पागल ही है।'

'कुछ भी हो, एक प्रयोग तो कर ही लेता हूं', सोमू ने हठ किया। मगर बीवी ने कोई उत्सुकता नहीं दिखाई।

'जो असंभव है, उसे ही मांग लूंगा।'

सोचते हुए सोमू ने खिड़की से बाहर देखा। बाहर कहीं अंधकार था। बस अभी एक घंटे तक कहीं रुकने वाली न थी। भागती बस यकायक रुक जाए तो यह एक कमाल होगा? सोमू उत्साह से ठीक से बैठ गया और बीवी के चेहरे को देखते हुए उसने कहा, 'देखो, वर मांगता हूं कि बस पांच मिनट में रुक जाए। कैसा है मेरा पहला वर?'

'बहुत अच्छा है'-बीवी ने व्यंग्य से कहा।

बस तेजी से जा रही थी। एक, दो मिनट हो गये, बस अपनी रफ्तार से चलती रही। यह देख सोमू घबराया, परेशान होने लगा। मैं एक पढ़ा-लिखा आदमी हूं और मुझे बीवी के सामने ज़लील होना पड़ रहा है। उसे अंदर से लज्जा भी महसूस हुई।

तभी बस में जो यात्री आगे बैठे थे, उनमें हाहाकार मच गया। बस अचानक हिचकोले खाने लगी। वह देर तक नियंत्रण बनाए रखने की कोशिश करती रही और आखिर यकायक रुक गई।

'वाह!' तुरंत सोमू ने जीत की खुशी में कंधे उचकाए। बस में बिजली सी रोशनी फैल गई तो उसने बीवी के चेहरे को देखते हुए कहा, 'देखो, पहला वर सही निकला।'

मगर बीवी ने घबरा कर कहा, 'हाय!. . . चोर!. . .चोर!!' वह फुसफुसायी और अब ज्यादा सिकुड़ गई जैसे बारिश से भीग कर पक्षी सिकुड़ जाता है। सोमू डर गया और शोरगुल सुनते ही वास्तविक धरातल पर आया।

उसने देखा, लुटेरों ने ड्राइवर को बाहर घसीट लिया था और उसे पीट रहे थे। उन्होंने कंडक्टर के पैसे की थैली थी लूट ली। यही नहीं, बस में

घुसकर लोगों को डराकर उनके भी पैसे लूटने लगे। लोग भय से थर-थर कांप रहे थे।

यह लूटपाट इतनी जल्दी खत्म हो जाएगी, सोमू सोच भी नहीं सकता था। इसी बीच लुटेरे ओझल हो गए थे। सोमू दंग था कि उसके वर मांगने से बस रुकी या लुटेरों ने बस को जबरन रोक दिया। वह तय नहीं कर पा रहा था।

यह सोचकर कि उसकी मूर्खता से ही ऐसा हो गया, सोमू पत्नी का सामना नहीं कर पा रहा था। लुटेरे उसकी पत्नी के कंगन, मालाएं भी लूट ले गए थे, इसलिए वह ज्यादा ही असहाय हो रहा था। तमाम औरतें अपने पतियों पर बरस रही थीं। मर्दो की स्थिति शोचनीय हो गई थी। यह पाया गया कि जब कोई पुलिस थाना दिखाई देगा तो पुलिस में शिकायत दर्ज कराई जाएगी। मगर फिर से मिलने को भरोसा किसी का भी नहीं था।

बड़ी देर के बाद गांव आया, मगर किसी में कोई उत्साह या उमंग नहीं थी। स्टैंड पर बस के रुकने पर ड्राइवर शिकायत करने पुलिस स्टेशन की ओर चल पड़ा, कुछ दूसरे लोग भी उसके साथ हो लिए। खाने का वक्त भी हो चुका था, इसलिए सड़क के किनारे कुछ लोग होटल में इधर-उधर चल पड़े।. . . सोमू को रिक्शा भी दिखाई नहीं पड़ा। बीवी का चेहरा देखा, उसका चेहरा कह रहा था कि इन समानों को उठाकर एक मील तक चलना उसके वश की बात नहीं है।

कोई दस-पन्द्रह मिनट के बाद दूर से एक रिक्शा आता दिखाई दिया। सोमू खुश हुआ यकायक उसके दिमाग में एक नई सोच पैदा हो गई। उसने बीवी की ओर झुककर धीरे से कहा- 'देखो, जो हुआ सो हुआ, तुम मुझे बेकार की गालियां मत दो। जो कुछ हुआ उसके लिए मैं बिलकुल जिम्मेदार नहीं हूं। फिर भी, अगर तुम मानती हो कि वह मेरे वर के सच निकलने के कारण हुआ, तो मेरा दूसरा वर भी सच होगा। अब दूसरा वर भी मांग लेता हूं।'

बीवी ने तुरन्त हाथ से बीच में ही रुकावट डाली और कहा, 'नहीं, नहीं आपके एक प्रयोग से ही मैं थक गई हूं।'

'देखो, अब मैं एक असंभव वर मांगने जा रहा हूं-हमारे बस में जो लूटपाट हुई उसका सारा हमें दस मिनिट के अन्दर मिल जाए।'

तभी रिक्शा पास आ गया था।

रिक्शावाला कुछ कह रहा था, मगर सोमू का उस पर ध्यान नहीं था। सोमू की बीवी रिक्शा में बैठ गई और उसने पति को भी खींच लिया।

रिक्शे वाले को पता बताकर सोमू सीट से सटकर आराम से बैठ गया। वह जल्द से जल्द घर पहुंच कर आराम करना चाहता था। रिक्शा उछलते-कूदते हुए जा रहा था। इस गांव की सड़क भी गड्ढों से भरी पड़ी है। दोनों ने लम्बी सांस ली। तभी एक पुलिस जीप फुर्र से पीछे से आकर निकल गई। रिक्शा तुरंत रुक गया।

'क्यों भई, क्या हुआ?' सोमू ने पूछा।

'आगे की गली में रिक्शा नहीं जा सकता। नल डालने के लिए सड़क खुदी हुई है।'

घर अभी एक फर्लांग की दूरी पर था। पैदल चलने के अलावा दूसरा कोई रास्ता न था। सोमू उतर पड़ा। बीवी की थैली में दस रुपये थे। उसने ही रिक्शा भाड़ा के पैसे दिए।

गली में बिजली नहीं थी। चारों तरफ अंधकार ही अंधकार था। हालात पर झुंझलाते हुए वह चार कदम ही आगे चला था कि रिक्शा वाले ने पीछे आकर कहा, 'जी, आपने अपना सामान रिक्शा में छोड़ दिया है।' और उसने एक बड़ा सूटकेस उसके सामने रख दिया। दोनों पति-पत्नी आंखें फाड़कर देखने लगे, तब-तक रिक्शा वाला चला गया।

यह तो बड़ी असाधारण बात थी। रिक्शा में कोई पहले ही इस सूटकेस को छोड़ गया है और यह रिक्शा वाला नींद में हमें देकर चला गया. . .

सोमू ने उसे पुकारना चाहा, मगर वह कभी का ओझल हो गया था। आधी रात में मेरी पुकार से आसपास के लोग उठ गए तो वे क्या सोचेंगे? इधर बीवी भी जल्दी मचा रही है। सोमू ने विवश होकर सूटकेस पकड़ लिया वह तो बड़ा भारी था।

मगर उस सामान को वहीं छोड़कर भी नहीं जाया जा सकता था। न जाने किस बेचारे का है? अंदर क्या-क्या है? इसे खोकर बेचारा तड़प रहा होगा?. . . कल रिक्शा वाला या और कोई पूछताछ करने आएगा तो उन्हें ठीक से पूछताछ करके दे दूंगा-इस फैसले के सिवाय सोमू के पास दूसरा विकल्प नहीं था।

सोमू ने बीवी के साथ अंधकार में किसी तरह चलकर दरवाजा खटखटाया दरवाजा खुला तो आगे ससुरजी खड़े थे।

'आपकी हालत खराब थी....' सोमू दंग रह गया।

'जी हां. . . दमे की बीमारी बढ़ गई थी. . . अब ठीक हूं। दामाद की बात में उन्हें रूखापन दिखाई पड़ा, मगर उन्होंने कहा, 'आइए-आइए।'

फिर खाना, बातचीत-सब खत्म होने में एक घंटा लगा। उसके बाद सोमू कमरे में आया और उसने दरवाजा बंदकर लेटना चाहा। मगर तभी उसे उत्सुकता हुई कि सूटकेस खोलकर देखा जाए। 'अब मैं अकेला हूं। सूटकेस में क्या है, देख ही लूं।. . . सोमू ने बीवी से कहा।'

सूटकेस में ताला नहीं लगाया गया था, यही विचित्र बात थी। सोमू ने जब उसका बटन दबाया तो उसने 'चट'से मुंह खोल दिया। यह क्या. . . पलभर के लिए उन दोनों की सांसें थम गई। वर सच निकला था। बस के अंदर जिन चीज़ों की लूट की गई थीं, वे सब इस सूटकेस में भरी पड़ी थीं, लाखों रुपये और कीमती गहनों को कूड़े-कचरे के समान दबा-दबाकर ठूंस दिया गया था। सोने के आभूषणों की रोशनी दोनों के चहेरों पर प्रतिबिंबित होने लगी थी।

'देखिए', उसकी बीवी ने कांपते स्वर में कहा, 'ये सब रिक्शे' में कैसे आया? जरूर पुलिस उन चोरों को ढूंढती गश्त लगा रही होगी?

'हां, हो सकता है और शायद वह रिक्शे वाला भी उस गैंग का आदमी हो।'

'ठीक है. . .पुलिस को देखते ही लुटेरे डर से सूटकेस को हमारे पास छोड़कर गायब हो गए, ऐसा लगता है. . .'

'अब क्या करें?'

'क्या करें?'

'कल फिर आकर सूटकेस मांगेगे, यह तो निश्चित है। हमें इसे दे देना चाहिए या नहीं. . .कहो?'

'वह क्यों आएगा? अगर आया भी तो हम उसे नहीं देंगे।'

'पुलिस आई तो?'

पुलिस का नाम सुनते ही बीवी की सांसें रुक गई।

'इतनी सारी चोरी की चीजें हमारे पास मिल गई तो पुलिस हमें क्या यों ही छोड़ देगी?'

मगर अनायास इतनी संपत्ति मिल गई है, यह देखकर दोनों के मन में लालच पैदा होने लगा। भगवान की कृपा से ही ये सब मिला है, इसे क्यों

वापस किया जाए। उन्हें लालच हो रहा था। सारी जिंदगी इतनी सम्पति देखने को न मिलेगी। लगता है यह कमाई हमारी किस्मत में बदी थी। वरदान से मिली है. . . अर्थात् यह सब हमारी ही संपत्ति है.....

बड़े सवेरे, यकायक सोमू को एक विचार कौंधा। उसने बीवी से कहा, 'देखो, इस सूटकेस के बारे में माता-पिता को भूलकर भी न बताना। लुटेरे आए, इससे पहले ही हम इस गांव को छोड़कर चले जाएंगे। पुलिस तक खबर ही नहीं पहुंचनी चाहिए। अगर हम लुटेरों से दूर हो गए, तो ये सारी दौलत हमारी हो जाएगी।'

'तो. . . कल जल्दी खाना खाएंगे और बस पकड़कर गांव चले जाएंगे।' उसकी पत्नी ने भी सहमति दे दी। अब तो दोनों ने चैन की सांस ली। दिल खुशी से झूमने लगा।

'हम इतने अमीर हो गए, मगर एक वरदान अभी बाकी है। क्या वह भी मांग लूं? सोमू ने रोमांचित होते हुए कहा।

जब दोनों की आंख लगी दिन निकल आया था। सोमू की बीवी ने दोपहर हो ही चले जाने की बात पक्की कर ली थी। खाना, नाश्ता, बातचीत-किसी में भी उसका मन न लग रहा था।

जब वे बस में बैठ गए तो उन्हें चैन का अहसास हुआ। बस चल पड़ी तो बड़ी निश्चिंतता छा गई।

आधे घंटे के बाद उसकी बीवी उनींदी अवस्था में झुकने लगी। सोमू की भी यही हालत थी, मगर वह सूटकेस की रखवाली के लिए जग रहा था। कितने गहने हैं-अगर इन गहनों को उसकी पत्नी पहन ले तो उसके भार से वह खड़ी भी नहीं रह सकेगी. . .जरूर किसी ने धोखेबाजी करके इन्हें कमाया होगा, इसलिए ये उनके पास रह न सके। हमारी किस्मत में जो ये बदे थे।

तुरन्त पीछे से एक वाहन आया और बस को पीछे कर आगे जाने की कोशिश करने लगा। सोमू ने यों ही खिड़की से बाहर देखा, वह दंग रह गया। पुलिस जीप थी। उसने धीरे-से बीवी को हिलाया। वह भी जागकर दंग रह गई। दोनों किसी आशंका से घबराने लगे, तभी जीप आगे चली गई। मगर फिर दो कदम पीछे आकर रुक भी गई। अंदर जो अफसर बैठा था, उसने बस को रुकने का संकेत दिया।

पति-पत्नी जैसे ठंड से कांपने लगे। दोनों ने आपस में एक-दूसरे को

देखा। उनका गला सूख गया था, आंखों में ही बातें कर लीं। सोमू पसीने से तर हो रहा था। सोचने का समय नहीं था। उसने मन कड़ा कर आखिरी वरदान मांग लिया, 'यह बस कहीं भी न रुके।'

कुछ देर बाद बस पर ब्रेक लगा। बस में ड्राइवर के साथ सभी ने 'खट् की आवाज सुनी। बस ने अपना नियंत्रण खो दिया था, यह देख ड्राइवर दंग रह गया। फिर भी उसकी सावधानी से बस, जीप से टकराते-टकराते बची। बस में लोग हाहाकार कर रहे थे, मगर ड्राइवर विवश था।

यह मैंने क्या मूर्खता कर दी, यह बात सोमू को देर से समझ में आई। अभी तक इन वरदानों से कोई सुख भी नहीं मिला था। अब इस बात से उनकी आंखें खुल गई। लालची मनुष्य का यही परिणाम होता है। धीरे-धीरे वेदान्त की यह बात स्पष्ट हो गई। सोमू एड़ी पर बैठकर देख रहा था-आगे कुछ ही दूरी पर एक पुल है। सामने से एक लारी आ रही है जिसमें माल भरा हुआ है। अब ड्राइवर के सामने केवल दो विकल्प बचे थे। वह या तो बस को लारी से टकराने से बचा ले या बस को नदी के गिरने से बचा ले। दोनों दशाओं में दुर्घटना अपरिहार्य थी। यह सत्य जब सामने आया तो सोमू बहुत निराश हुआ।

अगले दिन अखबार में खबर छपी थी और जो-जो लोग इस हादसे में बच गए थे, उस सूची में सोमू या उसकी बीवी का नाम नहीं था।

□□□

आउट आफ आर्डर

सबको ही कितनी अच्छी बीवी मिली होती है। मेरी बदकिस्मती, मुझे रेवती से ही गांठ पड़ना था। प्रताप सोचते-सोचते उदास हो गया। डॉक्टर के यहां जाते-जाते परेशानी भी बढ़ी। बीवी कमा रही है, इसके सिवा और क्या आकर्षण है उसमें! इसी लालच से मैंने शांदी के लिए 'हां' कर दी थी न? बड़े नगरों में जो बसते हैं, उनके लिए हर पल पैसे की ही जरूरत होती है। घर का किराया महंगा है। आने-जाने के लिए स्कूटर या अन्य वाहनों की जरूरत होती है। जब बच्चे हो जाएंगे तो स्कूल-कॉलेज डोनेशन आदि के लिए कसरत करनी पड़ती है। इतनी मुसीबतों के बीच भी अपना एक घर बनाने की लत।

मेरा हिसाब ठीक-ठाक था, जब-तक यह पता चला कि रेवती का तो और भी ज्यादा हिसाब-किताब था।

"देखिए, हर महीना घर चलाने के लिए जितना रुपया आप देते हैं, उतना रुपया मैं भी देती हूं। फिर आप हमेशा मुझसे मत कहिए!" रेवती ने सुहागरात के दिन ही बता दिया था।

अब तो ऐसा कह रही है, लेकिन कल जब हालात का पता चलेगा, तो वही खुद दे देगी, ऐसा उसने सोचा था। यह उसका भोलापन था या मूर्खता, प्रसाद समझ न पाया था। घर के किराए से ही मनमुटाव शुरू हुआ था।

"बैंगलोर में सुविधा के अनुसार घर कहां मिलेगा? एक लाख रुपये डिपॉजिट रखना पड़ता है। इतने रुपये देकर हम कैसे गुजारा कर सकते हैं?" रेवती ने बड़ी-बड़ी आंखों से हैरानी व्यक्त की।

"हम दोनों कमा रहे हैं न!"

"नहीं, आप मुझसे मत पूछिए।"

"तुम ही नहीं दोगी तो और कौन देगा?"

"क्यों? दहेज में जो पैसे दिए थे, उनका क्या हुआ? और शादी में तो आपने मुझे कुछ भी सोना नहीं दिया था!"

"गांव में जो घर था, उसके लिए सब खर्च हो गया।"

"इसे ही मूर्खता कहते हैं।"

"मात-पिता झोंपड़ी में रहें, क्या यह ठीक रहेगा?"

"तो इस नगर में आप कैसा घर ढूंढेंगे? ढूंढिए-ढूंढिए। आपको तो आगे की चिंता भी नहीं है। मेरे पिताजी ने दहेज इसलिए दिया था कि मैं सुखी रहूं। मगर आपने अपनी इच्छा के अनुसार रुपये खर्च कर दिए, इसके लिए मैं जिम्मेवार नहीं हूं।"

प्रसाद को मालूम नहीं था कि रेवती इतनी निर्दयता से बातें करेगी। वह निराश होकर बोला-"ठीक है, मैं ही किसी तरह पैसे जोडूंगा!" और वह उठकर चला गया था।

तब-तक अस्पताल आ गया, उसने सोचना बंद कर दिया और अपना नाम दर्ज कराया। जब अंदर गया तो डॉक्टर से कहा-"सर, एड़ी में दर्द है।" डॉक्टर ने उसकी जांच करते हुए कहा-"आप पहले अपना वजन कम कर लें तो अपने आप दर्द दूर हो जाएगा।"

क्या मैं इतना वजनदार आदमी हूं! यह बात पहले उसकी समझ में आई ही नहीं थी, वह व्याकुल हुआ।

जब घर आया तो पिताजी की चिट्ठी इंतजार कर रही थी। उसे पढ़ने पर उसका दिमाग और गरम हुआ। बाथरूम जाकर मुंह पर ठंडा पानी छिड़का, पर दिमाग गरम ही बना रहा।

रेवती ऑफिस से लौटी तो विवश होकर उसका 'मूड़' देखा और बात छेड़ी-"देखो रेवती, सुमी की शादी की तैयारी करनी है, लड़के वाले तीस हजार मांग रहे हैं, अच्छा रिश्ता है। पिता ने पत्र में यह बात लिखी है।"

"आप अपने घर की बातों से मुझे क्यों सता रहे हैं?. . ." रेवती ने नाराजगी व्यक्त की।

"तो मैं क्या करूं?" प्रसाद भी नाराज हो गया।

"मुझे मालूम नहीं!"

"पिताजी कह रहे हैं, कम से कम बीस हजार रुपए भेज दो।"

"भेज दीजिए।"

"तुम दस हजार. . .।"

"मुझसे मत कहिए।"

"मैं इतने पैसे कहां से लाऊं, स्कूटर को बेचना पड़ेगा।"

"बेच दीजिए। डॉक्टर ने तो कहा ही है, चलने-फिरने से स्वास्थ्य भी सुधर जाएगा।"

"तुम कितनी निर्दयता से बातें करती हो?"

"तो क्या करूं? अगर मैं एक की शादी के लिए पैसे दे दूं, तो दूसरी बहन के लिए क्या करेंगे? वह भी शादी के इंतजार में बैठी हुई है।"

"हां, मैं घर का बड़ा बेटा जो हूं और मैं ही. . ."

"आपने अपने पिताजी की आंखों के ऑपरेशन के लिए उन्हें एक महीने तक यहां लाकर उनकी सेवा की। दस हजार खर्च हुए! वह किसने दिए?"

"तुमने ही दिए यह सच है।"

"गांव में घर है। उनसे तो हमें एक पैसा भी नहीं मिलता। जाने दीजिए, उसकी हमें जरूरत भी नहीं। मगर वे हमे हमारे हाल पर क्यों नहीं छोड़ देते?"

"यह बात मैं कैसे कहूं?"

"तो और कौन बताएगा? आपके भी दो बच्चे हैं, यह बात मत भूलिए। उनके लिए यूनिफार्म, किताबें, डोनेशन आदि मुझे ही देने पड़ते हैं। आप तो त्यौहार के समय भी कपड़ा नहीं लाते। अगर लाएंगे भी तो बिल मुझे ही दे देते हैं।

"क्या करूं, बताओ? मेरे वेतन से बहुत सारे पैसे कट जाते हैं। उसपर गृहस्थी का खर्च. . ."

"साथ में ताश, एक-दो शराब के पैग, लॉटरी, रेस आपके कितने शौक हैं।"

रेवती को सब याद था और उसकी वो बुराइयों का खुलकर पर्दाफाश करने से नहीं चूकी। प्रसाद का मन भारी हो गया। उसे लगा कि इससे शादी करने के बजाए फांसी पर चढ़ना बेहतर था। अपने आप को ही गालियां देते हुए वह और व्याकुल हो गया।

अब विवश होकर बस की प्रतीक्षा करनी पड़ती है 'ऑफिस में चपरासी के पास भी लूना है, मगर मैं सिटी बस में आता-जाता हूं, यह कितनी लज्जा की बात है। जब से रेवती के साथ गांठ बांधनी पड़ी है, तब से मेरी किस्मत ही ऐसी हो गई, यह रेवती इतनी ताकत वाली औरत है कि इसे डाइवोर्स भी देना मेरे बस की बात नहीं। अगर एक बार अविवेक से काम

किया गया, तो कैसा खतरा हो जाता है। जिंदगी भर इसके साथ ही जीना है न!'

प्रसाद बस स्टैंड में खड़ा इंतजार कर रहा था कि अचानक उसकी नजर वजन तौलने की मशीन की ओर पड़ी।

देखूं, 'मैं कितने वजन का हूं!' ऐसा सोचते हुए वह उस ओर चल पड़ा। मशीन में एक रुपये का सिक्का डाल दिया। टिकट आया। वजन सत्तर किलो था। एक बार झुककर अपने शरीर को देखा, अचरज से। क्या मैं इतना वजनदार हूं?

टिकट उलटकर देखा। वहां भविष्यवाणी छपी हुई थी-'37 संख्या आपके लिए अशुभ है।'

तभी बस आई, प्रसाद उसी ओर दौड़ पड़ा। बस का नंबर 37 था। वह तुरंत वहीं रुक गया।

दूसरे दिन अखबार में छपी खबर थी-वहीं बस गड्ढे में गिर गई थी; चार लोगों की मृत्यु हो गई थी और इकत्तीस लोग घायल हो गए थे।

बच जाने की खुशी में, उस मशीन के बारे में पत्नी से कहने की बड़ी इच्छा हुई। मगर सोचा कि जिसके पास हृदय नहीं है और भावना के लिए कोई स्थान नहीं है, उसे कहने से क्या फायदा! और वह चुप रह गया।

रेवती का चिड़चिड़ा स्वभाव है, यह जानने के बाद भी उसे मनाने में उसने कोई कमी नहीं की। बच्चों को उठाकर उन्हें नहलाता, उन्हें कपड़े पहनाता था। रसोई में रेवती का हाथ बंटाता। वह शाम को थककर आएगी, यह सोचकर वह जल्दी घर आ जाता और उसके लिए हार्लिक्स बनाकर फ्लास्क में रख देता। रात में रसोईघर से आने पर उसके लिए बिस्तर लगाता और 'गुड नाइट' कहता।

वह रेवती के लिए इतना कुछ करता था, मगर उससे एक भी मीठी बात सुनने का मौका नहीं मिला। बदले में वह कहती-"सब पति लोग इससे भी ज्यादा करते हैं, आपकी तरह कोई ऐसे सेवा के बारे में कहते नहीं।"

इसी दौरान अपने दोस्त नागराज से उसकी भेंट हुई। उसने पार्टनरशिप में एक बिजनेस की शुरुआत करने की आशा जगाई।

प्रसाद ने तुरंत पत्नी से जिक्र करते हुए कहा-"वह मुझसे सिर्फ पचास हजार चाहता है।"

रेवती फिर आगबबूला हो गई-"आपको बाजार जाकर एक सब्जी

खरीदनी भी नहीं आता। आप क्या खाक बिजनेस करेंगे?"

"कहता है, बहुत मुनाफा होगा, दो साल में रुपए आ जाएंगे।"

"कैसा बिजनेस?"

"एक नहीं अनेक। मुझे ठीक से मालूम नहीं।"

"तो आपको बिजनेस का पता भी नहीं है और आप पैसे लगाने चले हैं।"

"नागराज बड़ा अनुभवी है, वह होशियार भी है. . .।"

"इसीलिये उसने अपने जैसे मूर्ख को पकड़ा है।"

"इस तरह आगा-पीछा करेंगे तो इस जमाने में हम कुछ नहीं कर सकते। मेरे वेतन से कुछ नहीं होता। इसलिए सोचा, किस्मत आजमा कर देख लूं। तुम्हारी क्या राय है?"

"मैं क्या बताऊं"

"तुम रुपए दोगी, तो बिजनेस शुरू होगा।"

"मेरे पास रुपए नहीं हैं।"

"देखो रेवती, तुम तीस हजार दे दो, बाकी मैं. . .।"

"तीन रुपए भी मेरे पास नहीं हैं।"

"तुम मेरी इतनी सी मदद नहीं करोगी। तुम कैसी बीवी हो।"

"बिजनेस-विजनेस आपके लिए नहीं है। आप अपना काम ईमानदारी से करें, बस।"

"नहीं. . .!" प्रसाद ने जिद्द की, "एक बार तो देकर देखो।"

"देखने के लिए मेरे पास वक्त नहीं है।"

"देती हो कि नही?" प्रसाद खीझ उठा।

"मैंने अ़ब तक बहुत दिया है।"

"यह मेरी इज्जत का सवाल है।"

"उसकी चिंता मुझे नहीं है।"

रेवती को वहीं पकड़कर गला घोंट देने की इच्छा हुई, मगर संभलकर कहा-"धत्. . . तुम्हारे कारण मुझे चैन ही नहीं है।"

प्रसाद वहां से चला गया। उस दिन उसने खाना भी नहीं खाया। उधार लेकर भी नागराज को अब रुपए देने थे। उसने वचन दिया था। प्रसाद उसकी नजर में गिरना नहीं चाहता था। मगर उधार आसानी से मिल नहीं सकता था, वह भी पचास हजार की बड़ी रकम।

शाम बस स्टैंड पर आया तो किसी सोच से वजन की मशीन के पास आया। उस पर खड़े होकर एक रुपए का सिक्का डाला। टिकट आया। उस पर लिखा था-'आप उद्योग में पैसे लगाएंगे, तो मूर्ख बनेंगे।'

इससे पहले जो भविष्य आया था, सच निकला था। इसलिए बिजनेस करने की बात अपने आप ढीली हो गई।

अगले कुछ दिनों में खबर मिली की नागराज गायब हो गया है। प्रसाद हक्का-बक्का रह गया। उसे जिस-जिसने पैसे दिए थे, सब मूर्ख बन गए थे।

कहते हैं, कुल सात-आठ लाख उड़ा ले गया।

"तुमने पैसे नहीं दिए, अच्छा किया।" प्रसाद ने पत्नी की प्रशंसा की और नागराज की कहानी कही। रेवती उदास-सी हंसी हंस दी।

एक महीना भी नहीं बीता था-एक बात और हो गई। एक नई स्कीम के तहत कुछ भूमि थी-निवेश के लिए। सस्ते में मिल रही थी, ऑफिस में कुछ लोग खरीदने की कोशिश कर रहे थे। प्रसाद को भी भूमि खरीदने की इच्छा हुई।

"हम भी एक भूमि में निवेश करेंगे तो कैसा रहेगा?" घर आते ही प्रसाद ने रेवती से बात छेड़ी।

"अब तो कुछ भी नहीं चाहिए।"

धत्! मेरी किसी भी योजना में इससे प्रोत्साहन नहीं मिलता।

"मैंने तो एक भूमि खरीदने का निश्चय कर लिया है।" उसकी वाणी में कठोरता थी। रेवती व्यंग्य से हंस दी।

"हां, आधे रुपए तुम दोगी और आधे मैं डालूंगा।"

"मुझसे नहीं होता।"

"तुम सब बातों में आड़े आती हो। ऐसा कैसे चलेगा? जब बच्चे छोटे हैं तो अभी से कोई संपत्ति बना लेनी चाहिए। क्या यह किराए का घर हमेशा के लिए रहेगा?"

"आप ठीक कह रहे हैं, मगर खाली हाथ से. . ."

"वेतन में तुम्हारे आधे से अधिक पैसे बचते ही हैं। उसमें से सिर्फ पच्चीस हजार दे दो, बस!"

"नहीं, नहीं होगा"

"तुम्हें कितना घमंड है। पति पूछ रहा है, फिर भी तुम्हें इसका कोई ख्याल नहीं है।" प्रसाद आगबबूला हो गया।

"तो! हमारी शादी के दस बरस हो गए। तुम्हारा बैंक बैलेंस कितना है, मुझे हिसाब चाहिए।"

"आपका बैंक बैलेंस क्यों खाली पड़ा है? पहले उसका ब्यौरा आप दें।"

"मैंने अपनी सारी कमाई तुम्हारी गृहस्थी में डाल दी है न।"

"यह गृहस्थी अकेली मेरी नहीं है।"

"तुम हर बात को बढ़ा देती हो।" प्रसाद क्रोध से कांप रहा था- "पति को लेकर तुम्हें जरा भी गर्व नहीं है। तुम जिंदा रहो या मर जाओ कोई बात नहीं।"

"आप ही मार डालिए।"

उस दिन से बिस्तर दूर-दूर हो गए। दूर से देर रात तक रेवती के रोने की आवाज आती रही, मगर प्रसाद को उस पर दया नहीं आई। पति के बारे में किचिंत अनुराग और आदर नहीं, यह औरत जीने योग्य नहीं है- यह भावना और फैसला एक साथ उसके सामने खड़े हो गए। मगर कैसे? इसे मार डाल देना चाहिए-पर किसी को भी शक न हो पाए, ऐसी योजना बनानी है और आगे बढ़ना है। इसे मार डालने से मुझमें तो पाप की भावना नहीं आती। मैं मर्द हूं, मेरी सहिष्णुता की भी एक सीमा है। कितने दिनों तक पौरुषहीन जिंदगी जीते शरणागत बनकर रहना है, यह बेशर्मी की बात है।

प्रसाद आधे दिन की छुट्टी लेकर बस स्टैंड तक चल पड़ा। उसका दिमाग चिंताओं से भरा पड़ा था इसलिए सिरदर्द सताने लगा।

लोगों की भीड़ को चीरता फिर अचानक वजन की मशीन के पास आ गया तो तुरंत एक उपाय दिमाग में क्रौंधा। जेब में हाथ अपने आप गया। दो बार इस मशीन ने मेरी सहायता की है। इस बार भी शायद करेगी, इस विश्वास से उसने मशीन में एक रुपए का सिक्का डाल दिया और भविष्य पढ़ा-'नींद चिंता को दूर कर सकती है।'

मगर यह वाक्य तुरंत समझ में नहीं आया। धीरे-धीरे सोचने पर समझ में आया कि रेवती की नींद मेरी चिंता को दूर कर सकती है। वह उत्साहित हो उठा। हां, यही ठीक है। उसे नींद करनी है, शाश्वत निद्रा। फिर मुझे किस बात की चिंता होगी?

उसने बैठे-बैठे ही एक योजना बना डाली-नींद में ही मृत्यु। कितना आसान है। रेवती जो हार्लिक्स पीती है, उसमें नींद की गोलियां डाल देनी

है, जिससे वह मर सके। फिर वह अनजान बनकर घर से चल पड़ेगा और एक घंटे बाद घर आएगा, तब-तक वह दम तोड़ती रहेगी। आते ही मैं पहले फ्लास्क को स्वच्छ करके सभ्य व्यक्ति की तरह रहूंगा। अगर पुलिस को गिलास में विष मिल भी गया तो मुझे कोई ऐतराज नहीं। कह दूंगा, उसने नींद की गोलियां खाई हैं।

प्रसाद खुशी-खुशी घर से निकला, उसके लिए चैन दूर की चीज हो गई थी। कहीं मैंने भूल तो नहीं की है न। सब कुछ योजना के अनुसार हो गया है न-इस व्यग्रता से उसका दिमाग जाम हो गया था। शरीर में पसीना आ रहा था।

आगे होने वाली घटनाओं के बारे में कल्पना करते हुए वह आगे बढ़ा। रेवती क्यों मर गई, इसके क्या कारण हो सकते हैं, इन प्रश्नों के लिए सभी लोग मेरी ओर ही देखेंगे। तब मुझे यही साबित करना है कि रेवती ने जल्दबाजी की है। रात कुछ झगड़ा जरूर हो गया था, मगर इस तरह नींद की गोलियां खाकर मर जाएगी, यह मुझे भी अनाथ बनाकर मर जाने में उसके मन ने उसका कैसे साथ दिया। इस प्रकार रोने-धोने से किसी को मुझ पर शक नहीं होगा।

फिर!. . . फिर क्या। मेरी उम्र तो अभी अड़तीस है। कन्या देने वाले तो हैं ही, मुझे परेशान होने की क्या जरूरत है?

प्रसाद ने लगभग एक घंटे तक समय बर्बाद किया। फिर बस स्टैंड पर आकर एक जगह बैठ गया और थकान मिटाने लगा।

वजन की मशीन पास में ही थी। चार-पांच लड़के खड़े होकर मशीन में सिक्का डाल रहे थे और शोरगुल मचा रहे थे। एक बूढ़े ने उन्हें डांटते हुए कहा-"बच्चों, उसमें सिक्के मत डालो, मशीन खराब हो गई है। बहुत दिनों से वह ठीक नहीं है।"

बूढ़े की बात सुनकर प्रसाद कुछ देर तक भौचक्का हो गया।. . . तो जिस मशीन ने मुझे सलाह दी थी, वह खराब हो गई थी।

तभी किसी की 'हैलो प्रसाद' की पुकार से वह हड़बड़ाकर घूमा। मीना सामने खड़ी थी। मीना रेवती की सहेली है और वह उसी के ऑफिस में काम करती है।

"क्या आप अभी तक घर नहीं गए हैं, आइए बस खड़ी है।" मीना बस की ओर चल पड़ी।

प्रसाद विवशता की हालत में उसके पीछे चल पड़ा।

बस में उसके पास ही बैठते हुए मीना से पूछा, "आप इतनी देर से घर क्यों जा रहे हैं? रेवती कहां है?"

"रेवती पहले ही ऑफिस से चली गई है। मेरी तो ओवरटाइम की ड्यूटी थी।" मीना ने कहा और झट उसका हाथ पकड़ कर बधाई दी।

"क्यों?" प्रसाद की समझ में नहीं आया।

"हमारी हाउसिंग सोसाइटी में रेवती के लिए एक फ्लैट अलॉट हो गया है। बहुत बढ़िया फ्लैट है वह. . . दो बैडरूम, हॉल, किचन. . .।" मीना उत्साह से न जाने क्या-क्या बता रही थी, उसकी समझ में नहीं आया।

"चार लाख का फ्लैट है। जब लॉटरी निकली, तो सबसे पहले रेवती का ही नाम आया। हमें अगली लॉटरी तक इंतजार करना है।"

"आप क्या कह रही हैं?" प्रसाद भौचक्का हो गया था।

"क्यों, रेवती किस्तों में पैसे जमा करती थी, क्या आपको पता नहीं है?"

"नहीं।"

"तो उसकी बात सच निकली।"

"कौन-सी बात?"

"रेवती ने कहा था कि पति महाशय जी को शादी की सालगिरह पर कोई सरप्राइज गिफ्ट देना है। अब वह आपको उस फ्लैट को ही भेंट देने की बात कह रही थी।"

"क्या!"

"आपको पता है, रेवती ऑफिस में आपको कितना याद करती रहती है? कहती है, आपको हेल्प करने का नेचर है, बीवी और बच्चों से बहुत प्यार करते हैं, उनके लिए कष्ट सहते हैं, आप बहुत ही शांत स्वभाव के व्यक्ति हैं और कहती है कि ऐसा पति मिला, मैंने कोई पुण्य किया होगा. . .।"

मीना और भी बहुत कुछ कह रही थी, मगर प्रसाद उसकी बातें सुनने की अवस्था में नहीं था। बदले में उसने जो भूल की थी, उसे सोचकर कांपने लगा था।

बैठे-बैठे ही उसका कलेजा धड़कने लगा था। अब तो काफी समय हो गया है। अब मेरे घर जाने तक सब कुछ खत्म हो गया होगा। तो क्या हो जाएगा? मैं कितना मूर्ख हूं? उसने जो पैसे बचाए थे, वह सब घर के लिए

थे, यह बात पहले ही पता चल जाती तो. . .।

जब बस रुकी तो मीना को धन्यवाद दिए बिना ही प्रसाद दौड़ा-दौड़ा घर आया और दरवाजा जोर-जोर से खटखटाया।

रेवती ने खुद दरवाजा खोला।

"रेवती. . .! रेवती. . .! तुम ठीक तो हो?"

"क्या. . . .? मुझे क्या हुआ है? आप इतना क्यों घबरा रहे हैं?"

"क्या तुमने दूध पिया?"

"बस! पूछने में ही इतना घबरा रहे हैं?"

"अगर तुमने नहीं पिया है तो मैं पी जाऊंगा।"

"हाय राम, आप पहले अंदर तो आइए।"

"दूध पिया या नहीं, पहले बताओ।"

"नहीं!"

प्रसाद अब सोफे पर गिर पड़ा और लंबी सांस ली।

"वह कहां है?" प्रसाद फिर उठ खड़ा हुआ।

"क्या?"

"दूध. . . .!"

"दूध में कोई चीज पड़ी थी, इसलिए फेंक दिया।"

"हे भगवान, जरूर कहीं न कहीं तुम हो।" प्रसाद ने आंखें बंद करके भगवान को हाथ जोड़ दिए और पत्नी की गोद में सिर रखते हुए कहा-"रेवती, तुम्हें मुझे क्षमा करना ही चाहिए।" उसकी आंखें भर आई थी।

दूसरे दिन प्रसाद पत्नी के साथ बस स्टैंड गया और उसे वजन की मशीन दिखाते हुए हंस पड़ा। उसने जेब से एक पेपर निकाला तो पत्नी ने कौतूहल व्यक्त किया।

प्रसाद ने कहा-"देखो रेवती, इसमें 'आउट आफ आर्डर' लिखकर आया हूं। अब इस मशीन पर इसे चिपकाऊंगा।"

प्रसाद आगे बढ़ा तो रेवती ने हंसते हुए चिढ़ाया-"मशीन पर नहीं, आपके माथे पर रहना चाहिए, तभी वह और शोभा देगा।"

प्रसाद एक पल के लिए डर गया, मगर दूसरे ही क्षण उसकी बात का अर्थ समझकर खुद भी हंसते हुए क्षमा मांगी-"रेवती, तुम ठीक कहती हो।"

□□□